사랑하는 아들아.

잘하려 애쓰지 않아도 된다.
오늘을 넘긴 것만으로 충분하다.
의미 없는 시간은 없다.
단지, 아직 설명되지 않았을 뿐이다.
지금의 시간이 훗날 너에게
힘이 될 것이니...

이 또한 지나가리라.
This too shall pass.

아들과 아버지의 시간 2

자야지, 아들아

아들과 아버지의 시간 2

자야지, 아들아

노란 수첩에 담긴
아들의 일기와 아빠의 답장

박석현 지음

좋은땅

프롤로그

이 책은 2025년 11월 17일, 겨울의 입구에서 공군병 873기로 입대한 아들이 훈련소에서 기록한 5주간의 일기를 바탕으로 엮었습니다.

공군 기본군사훈련단(기훈단)에서 보낸 아들의 담담한 일상은 지금도 훈련소의 시계와 함께 돌아가고 있을 모든 아들의 모습이기도 합니다. '우리 아들의 군 생활도 이렇게 흘러가겠구나' 하는 마음으로 편안하게 읽어 주시면 좋겠습니다. 표지에 있는 노란 수첩은 아들이 수료 후 2박 3일간의 첫 휴가를 나오며 쑥스러운 듯 건네주고 간 실제 일기장입니다.

책의 구성은 〈아들의 시간(훈련소에서 쓴 일기)〉'을 먼저 소개한 후 저의 회상인 〈아버지의 시간〉이 뒤따르는 형식을 취했습니다.

1990년대 중반, 논산 훈련소 훈련병이었던 저의 기억과 이후 육군 종합행정학교에서의 헌병 후반기 교육, 자대 생활의 조각들을 하나씩 더듬어 보았습니다. 30년 전의 일이라 희미해진 부분은 어렴풋한 기억과 상상력을 보태어 메꾸었습니다. 혹여 경험하신 분들이 보기에 사실과 조금 다른 부분이 있더라도 군인 아들을 둔 아버지의 추억 여행이라 여기고 너그러이 읽어 주시면 고맙겠습니다.

아들의 일기는 워낙 꾸밈없고 솔직 담백합니다. 그래서 이 글이 꼭 제 아들만의 기록이라 생각하지 마시고, '지금 훈련소에 있는 내 아들의 마음'이라 여기며 읽으셔도 무방할 것 같습니다. 일기 사진 중 군사보안에 저촉될 만한 내용은 모자이크 처리하였으나 이미 대중에 공개된 일반적인 정보들은 생동감을 위해 그대로 담았습니다. 아울러 띄어쓰기나 읽기에 무리가 없는 부분은 생동감을 살리기 위해서 아들의 일기 원문 그대로 삽입했습니다. 기훈단 훈련 내용은 각 기수의 일정에 따라 순서가 조금씩 변경될 수 있으니 전체적인 내용만 참고해 주시기 바랍니다.

자녀를 군대에 보내 놓은 부모님들이 모인 네이버 카페에서 알림이 뜰 때마다 댓글을 달고 아들 소식을 찾아보느라 약속 시간을 깜박한 적도 여러 번입니다. 세월이 아무리 흘러도 부모에게 군대는 여전히 궁금하고 마음 쓰이는 곳인가 봅니다. 제가 쓴 첫 책인 〈아들과 아버지의 시간〉에 이어 지금도 현재진행형으로 흐르고 있는 우리 부자의 계절을 담담하게 써 내려갔습니다.

　본문 중 '동기를 잃은 군인의 멈춰버린 시간' 에피소드는 네이버 카페의 한 어머니께서 들려주신 귀한 사연을 바탕으로 각색하였습니다. 글감을 주서서 고맙습니다. 군대에서의 아픈 기억이 남아 있는 부군을 많이 위로해 주시기 바랍니다. 카페에서 함께 울고 웃으며 댓글을 나눠 주신 부모님들께 큰 위로와 응원을 받았습니다. 그 따뜻한 연대 덕분에 이 기록이 세상 밖으로 나와 한 권의 책이 될 수 있었습니다. 진심으로 고맙습니다.

　지금, 이 순간에도 대한민국 곳곳을 지키며 병역의 의무를 다하고 있는 국군 장병 여러분을 응원합니다. 아말다말(아프지 말고 다치지 말고), 무사 무탈하게 군 복무 잘 마치시고 건강히 가족의 품으로 돌아오기를 진심으로 소망합니다.

　고맙습니다.

차례

입대 전 알아 두어야 할 사항

1. **부대 밖 안내는 가볍게 넘기셔도 좋습니다.** 입대 당일 부대 인근에서 형광조끼를 입고 안내를 돕는 분들은 군 관계자가 아닌 외부 상인인 경우가 많습니다. 주차나 길 안내를 하며 자연스럽게 물품 구매를 권유하기도 하지만, 군 생활에 필요한 필수 품목은 입대 후 국가에서 모두 지급되니 부대 밖에서 미리 준비하실 필요는 없습니다. 어수선한 분위기에 휩쓸려 물건을 사기보다는 부대 정문 안쪽에서 대기 중인 실제 군 관계자의 공식적인 지시와 안내를 차분히 따르시는 것이 좋습니다.

2. **나 하나가 아닌 '우리'가 잘해야 합니다.** 군대는 철저한 단체생활입니다. 나 혼자 잘한다고 끝나는 것이 아니라 소속된 팀원 모두가 일정 수준 이상을 해내야 합니다. 정리정돈이 서툰 동기가 있다면 모른 척하기보다 옆에서 슬쩍 거들어 주며 생활관 전체의 수준을 '상향

평준화' 하도록 노력해야 합니다. 생활관은 공동 운명체입니다. 불시 검문 시 동기 한 명의 침구 정리나 사물함 상태가 미흡하면 전체가 감점받을 수 있습니다. 애초에 모든 물품을 '칼각'으로 정리해 두면 불이익을 피할 수 있습니다.

3. **'임의 판단'은 절대 금물입니다.** 훈련소에서 가장 위험한 것이 '이 정도는 괜찮겠지?'라는 안일한 생각입니다. 모든 문제는 바로 이 지점에서 시작됩니다. 확신이 서지 않을 때는 행동하지 않는 것이 상책입니다. 조교가 하라는 것만 하고, 하지 말라는 것은 안 하면 됩니다. 잘 모르겠으면 스스로 판단하지 말고 반드시 조교에게 확인하는 것이 좋습니다.

4. **기본에만 충실하면 됩니다.** 지극히 당연한 말이지만 불침번 설 때 조는 것, 생활관 내 따돌림, 핸드폰 두 개 지참(반입), 하지 말라는 운동(힘자랑, 팔씨름 등)처럼 기본 수칙에 어긋나는 일은 아예 생각조차 하지 않는 것이 좋습니다.

훈련소에서 벌어지는 사소한 잘못이 나를 유급시킬 수도 있고, 원치 않는 격오지로 데려다줄 수도 있다는 사실을 절대 잊지 말아야 합니다.

더 자세하고 생생한 이야기는 본문에서 들려드리겠습니다.

보급품과 예방주사 | 훈련소 주의사항
입대 2일 차 | 2025년 11월 18일 (화) | D-31

〈아들의 시간〉

5시부터 5시 50분까지 불침번 근무를 섰다.

나는 x층 동초였다.

x층 복도를 왔다 갔다 했는데, 200번은 왕복한 것 같다.

생각보다 추운데, 보급품이 생각보다 따뜻하다.

아빠 말대로 먹을 수 있을 때 잘 먹고 쌀 수 있을 때 잘 싸고 있다.

약복측신을 했다.

약복측신이 끝났는데도 9시였다.

몇 시간째 호실에서 대기했다.

호실에는 히터가 빵빵하게 잘 나온다.

샤워실 온수도 잘 나온다.

밥도 먹을 만하다.

근데 수료는 아직 안 보인다. ㅋㅋ

당연하지.

이제 이틀 찬데. ㅋㅋ

그래도 생각해 보면 훈련소가 5주니까 7x5=35.

벌써 2/35 했다. ㅋㅋㅋ

이것도 처음엔 기록+안 까먹기 용도로 쓰려고 했는데, 이제는 심심
해서 쓴다. ㅋㅋ

곧 점심 식사하러 간다.

왔다.

지금까지 먹은 세 번의 식사 중에 제일 맛있었다.

내가 좋아하는 두부조림이 나왔다.

오후에는 예방접종을 했다.

주사를 왼쪽에 2대, 오른쪽에 1대, 총 3대 맞았다.

그리고 바로 보급품을 받으러 가는 줄 알았으나...

받긴 뭘 받아.

2시간 반 동안 내가 속한 x중대 x소대가 다른 중대에게 보급품을

나눠주었다.

　처음엔 몸을 써서 그런가 생각보다 재미있었는데, 그걸 계속하니 삭신이 쑤신다.

　지금은 석식을 먹은 상태인데, 이따가 또 보급품 도우미를 하러 가야 한다.

　하…

　갔다 왔다.

　으어.

　보급품 짊어지고 올라왔더니 어깨가 아프다.

　점호도 하고 샤워도 했다.

　자야지.

※ 약복측신: 전투복, 군화 등 군 보급품의 정확한 사이즈 지급을 위해 실시하는 신체 치수 측정입니다.

※ 1주 차 월요일에 입대해서 5주 차 금요일에 수료식을 하니 기훈단에서 보내는 시간은 35일이 아니라 32일입니다.

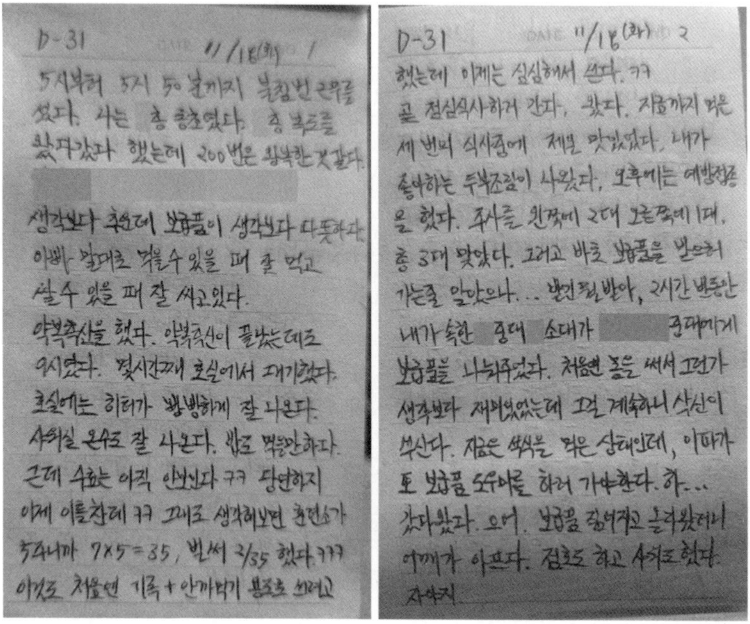
D-31 11/18(화) 1

5시부터 5시 50분까지 불침번 근무를 섰다. 나는 총 총초였다. 총 복도를 왔다갔다 했는데 200번은 왕복한 것 같다.

[redacted]

생각보다 추운데 보급품이 생각보다 따뜻하다. 아빠 말대로 먹을수 있을 때 잘 먹고 쓸수 있을 때 잘 쓰고있다.

약복측신을 했다. 약복측신이 끝났는데도 9시였다. 몇시간째 호실에서 대기했다. 호실에는 히터가 빵빵하게 잘 나온다. 샤워실 온수도 잘 나온다. 밥도 먹을만하다. 근데 수료는 아직 안보인다 ㅋㅋ 당연하지 이제 이틀찬데 ㅋㅋ 그래도 생각해보면 훈련소가 5주니까 7×5=35, 벌써 2/35 했다. ㅋㅋㅋ 이것도 처음엔 기록+안까먹기 용도로 쓰려고

D-31 11/18(화) 2

했는데 이제는 심심해서 쓴다. ㅋㅋ 곧 점심식사하러 간다. 왔다. 지금까지 먹은 세 번의 식사중에 제일 맛있었다. 내가 좋아하는 두부조림이 나왔다. 오후에는 예방접종을 했다. 주사를 왼쪽에 2대 오른쪽에 1대. 총 3대 맞았다. 그리고 바로 보급품을 받으러 가는줄 알았으나... 뭔진 몰라도, 2시간 넘동안 내가 속한 중대 소대가 [redacted] 중대에게 보급품을 나눠주었다. 처음엔 몸을 써서 그런가 생각보다 재미있었는데 그걸 계속하니 삭신이 쑤신다. 지금은 석식을 먹은 상태인데, 이따가 또 보급품 [illegible]를 하러 가야한다. 하... 갔다왔다. 오예. 보급을 짊어지고 들고왔더니 어깨가 아프다. 점호도 하고 샤워도 했다. 자야지.

〈아버지의 시간〉

입소 둘째 날에는 약복측신과 예방접종을 했는가 봅니다.

둘째 날에 예방접종을 세 가지나 하니 많이 피곤하겠네요. 하지만 걱정 안 하셔도 괜찮습니다. 1주 차에는 먹고 자고, 먹고 자고만 하니까요.

입대하기 전에 신신당부했습니다. "내복은 일반 옷 사이즈로 하지 말고, 최대한 타이트한 걸로 받아라. 보통 다 늘어진 것 같은 내복을

입고 있는데, 보온과 미관상 모두 좋지 않다. 쫄쫄이 입는다 생각하고 일반 옷이 105면 90~95 정도로 달라고 해라." 하지만 기훈단 수료 후 2박 3일 휴가를 나와서 보니 30년 전 군대와 요즘 군대는 많이 변한 것 같더군요. 옛날 저희 때 입던 살색 내복은 온데간데없고, 쫄쫄이 같은 검은 내복을 주더군요. 팬티도 드로즈고, 내복도 양말도 보급품의 퀄리티가 상당히 좋아졌습니다.

육군에서는 군대 가면 가장 먼저 배우는 암구호가 있습니다. 참 오래된 실습용 암구호인데, 저희 때도 이걸로 연습했는데, 지금도 암구호 실습용으로 이걸 사용하는지 모르겠네요. 세월이 흘렀으니 이제는 좀 세련된 암구호로 연습할지도 모르겠습니다. 참고로 암구호는 '군사 3급 기밀'이라 절대 외부로 유출되면 안 됩니다.

제가 복무할 때는 난방을 위해 실내에서 라디에이터를 사용했습니다.

내무반에는 제법 큰 사이즈의 라디에이터가 창가 쪽으로 좌우로 진열되어 있고, 매일 밤 그곳에서는 '떵, 떵'거리며 라디에이터가 터질 것같이 물 돌아가는 소리가 나며 온 내무반을 후덥지근하게 데웁니다. 밤새 불침번이 돌아가며 바닥에 물을 뿌려 대도 실내가 얼마나 건조한지 이내 말라 버립니다. 라디에이터 위에 수건을 올려 두면 아침에는 수건이 바삭바삭해져 있습니다. 밤새 불침번들이 바닥에 물을 들이부은 덕에 그나마 아침에 목이 덜 건조해서 말이라도 할 수 있습니다. 요즘도 그렇게 건조한지 불침번 설 때 바닥에 물을 흥건하게 뿌리고, 수건도 널어 놓는다고 하네요.

이제 막 입대한 만큼 훈련소에서 경계해야 할 일이 있는데, 그중 하나가 바로 유급입니다. 어떤 훈련병은 내무반마다 돌아다니며 팔씨름하다가 팔이 부러지는 일이 생깁니다. 또 어떤 훈련병은 힘자랑한다고 더블백을 한 손으로 들다가 골절이 되어 수료를 거의 다 앞두고 유급되는 일이 발생합니다. 훈련받다가 다쳐서 유급되는 거야 어쩔 수 없다지만 이렇게 본인의 재미를 위해 일어난 실수로 유급되면 정말 허망한 일입니다. 본인 이력에도 좋을 리는 없을 테고요.

그중 가장 경계해야 할 일은 바로 왕따인데, 실제 지금도 이런 일이 수시로 일어납니다.

훈련소 내무반에서 동기를 따돌리거나 괴롭히는 행위는 '중요 군기 위반'에 해당합니다. 훈련소에서는 훈련병들의 생활을 전면 통제합니다. 또한 집단 숙식 환경이기 때문에 동기 간의 관계도 지휘와 감독 책임 범위에 들어갑니다. 그래서 왕따나 괴롭힘을 동기들 간의 단순한 인간관계 문제로 보지 않고, 군기 문란과 인권 침해로 판단합니다.

특히 지속적 따돌림, 언어폭력(무시, 조롱, 배제), 집단적 고립 유도, 생활·취침·식사에서 의도적 배제, 정신적 고통을 유발하는 반복 행위 중 하나라도 해당하면 중요 군기 위반으로 분류되니 절대 하지 말아야 합니다.

훈련소에서는 폭행이 없어도 왕따 자체가 중대한 군기 위반이라는 기준을 적용합니다. 사안의 정도에 따라 군기교육대, 유급 또는 퇴소, 보직 제한, 진급·평가 불이익, 형사처벌 등이 단계적으로 적용됩니다. 훈련병이라 가볍게 조용히 넘어간다는 건 과거 이야기입니다. 군대는 기본적으로 '연대책임'이라 한 명의 잘못에 대해 모두가 같이 책임져야 합니다. 따라서 방관자 또한 똑같은 가해자입니다. 피해자에게 책임이 돌아가는 구조가 아니라 모든 것은 가해자가 책임져야 하니 어리석은 짓은 애초에 하지 않는 것이 좋습니다.

한 명을 따돌려서 내무반 전체 인원이 처벌받은 사례가 수시로 들려옵니다.

다 같이 힘든 곳에서 전우를 지켜 주고, 도와야 하는 것은 선택이 아니라 군인의 중요한 임무 중 하나입니다. 전시에 낙오된다면 나를 지켜 줄 사람은 전우밖에 없습니다. 그러니 밖에서 그런 행동을 했더라도 그건 밖에 놔두고 입대하는 편이 좋습니다. 전우는 전시에 서로의 등을 믿고 맡겨야 하는 사이입니다. 평소 서로에 대한 절대적인 신뢰가 필요합니다. 따돌릴 이유가 합당하다고 해서 따돌린 행동이 정당화되지 않습니다. 합당할 리도 없지만요.

정리하자면 군대에서는

임의 추정 금지!

하라는 것만 하기!

하지 말라는 건 안 하기!

조교들이 시키는 것만 하기!

이것만 명심하면 아무 일 없습니다.

※ 드로즈: 몸에 달라붙는 짧은 반바지 형태의 남성용 팬티. 규범 표기는
드로어즈(Drawers)입니다.

※ 더블백: 군대에서 흔히 말하는 더블백의 원래 이름은 정식 명칭이 더플백
(Duffel bag)입니다. 더플백은 지명에서 나온 고유명사입니다. 벨기에의
도시 이름 뒤펠(Duffel) 지역에서 생산된 두꺼운 모직 천(Duffel cloth)으
로 만든 가방에서 유래되었으며, 19세기 후반부터 유럽·미군에서 군용
가방으로 사용되었습니다. 발음의 변화와 짐이 많다는 이미지가 결합하
며 더블백이라는 은어로 굳어졌습니다.

(2)

소대장님 면담 | 논산 훈련소의 1분 샤워
입대 3일 차 | 2025년 11월 19일 (수) | D-30

〈아들의 시간〉

새벽에 두 번 정도 깼다.

그냥 긴장 상태여서 그런 것 같다.

다시 잘 땐 잘 잤다.

어김없이 6시 기상해서 아침 점호하고 아침 식사를 하고 왔다.

양치도 하고 세수도 하고 볼일도 잘 보고 왔다.

어제 받은 보급품 확인하고 정리도 했는데, 아직 9시도 안 됐다.

30분 정도 책상에 엎드려 자다가 일어나서 소대장님과 면담을 하고 왔다.

그냥 어디 아픈 곳 없는지 물어보고 잘 부탁한다는 말 하고 별말 없었다.

대기하다가 점심 먹고 왔다.

오늘 중식은 짜장면과 유린기.

생각보다 맛있다.

지금까지 총 6끼의 식사 모두 급식판을 싹싹 긁어먹었다.

밥 먹고 호실 들어와서 책상에 엎드려서 1시간은 잔 것 같다.

아직 13시 12분이다…

13시 50분 복무적합도 검사를 했다.

14시 30분 정도부터 소대장님과 병영생활 교육을 했다.

자치근무자를 뽑았는데, 가위바위보 다 져서 못 했다…

아쉽다.

대기하다가 저녁 먹고 왔다.

20시 50분.

거의 2시간 대기했다.

호실 원들과 이야기하다 보니 어제보다는 시간이 잘 가는 것 같다.

계속 대기하다가 저녁 점호 후 샤워를 했다.

자야지.

※ 복무적합도 검사: 이 병사가 지금 상태로 군 복무를 계속하는 것이 개
   인과 부대 모두에게 적절한가를 의학·심리·군기강 관점에서 종합 판

단하는 공식 절차입니다.

※ 자치근무자: 훈련병 중에서 훈련소 생활이 원활하게 돌아가도록 내부 질서와 운영을 돕는 역할을 맡은 인원입니다. 간단히 말해 훈련병이지만, 훈련병을 관리·보조하는 위치입니다.

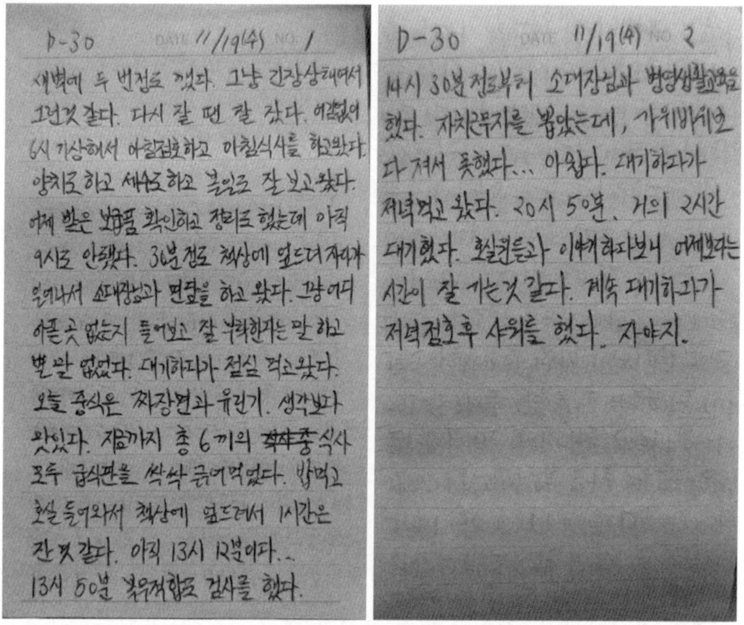

〈아버지의 시간〉

예전 논산 훈련소에서는 샤워하는 데, 1분 줬던 걸로 기억합니다.

오와 열 맞춰서 샤워장으로 이동한 후 어리바리 서 있으면 조교들이 말합니다.

"탈의하는 데, 10초 준다. 실시."

정신없이 옷을 벗어서 바구니에 담으면
"샤워하는 데, 1분 준다. 실시."

어렴풋한 기억 속에 남아 있는 건 물이라도 뜨뜻미지근해서 다행이지 완전 찬물이었으면 참 많이 서러울 뻔했습니다. 부랴부랴 샤워를 시작하는 순간부터 조교의 욕설과 고함이 들려옵니다.

"30초 전."
"20초 전."
"10초 전."

물 틀고 비누칠하자마자 초읽기가 시작됩니다.

샤워기 개수는 정해져 있고, 사람은 많이 들어가 있으니 샤워기 하나에 두세 명씩 붙어서 샤워를 해야 합니다. 비누 하나로 머리랑 얼굴이랑 몸에 칠하며 미친 듯이 움직입니다. 빨리 안 하면 또 얼차려를 받거나 욕을 들어야 하니까요. 동작이 굼뜬 동기들은 머리에 비누칠이 그대로 칠해져 있는 상태에서 '동작 그만' 소리와 함께 샤워가 마무리됩니다.

"전부 엎드려뻗쳐. 누가 이렇게 굼뜨나. 빨리빨리 못해?"
1분 안에 샤워를 못 끝냈으니 알몸 차림으로 얼차려를 받습니다.

그런데, 흔히들 말하죠. 군대도 사람 사는 곳이라고요.
아직 사제 물이 완전히 빠지지 않은 어리바리한 훈련병들과 특히 비누칠을 다 씻어 내지 못한 훈련병들을 배려해 줘서인지 시간을 조금 더 줍니다.
"남은 시간 30초. 30초 안에 마무리한다. 실시."

그때의 30초가 마치 지금의 30분, 아니 세 시간처럼 느껴지더군요. 어찌나 시간이 길던지, 그렇게 후다닥 비누 거품을 지우고 달려 나와 옷을 입었습니다. 그리고, 정신없이 오와 열을 맞춰 줄을 섭니다.
"왼발, 왼발." 구령 소리에 큰 소리로 군가를 부르며 어둑한 길을 따라 내무반으로 복귀합니다.

어찌 씻었는지도 모를 정신없는 시간이 지나갔지만, 내무반으로 돌아오는 동기들의 얼굴에는 상쾌함이 가득합니다. 이렇게라도 샤워를 할 수 있어서 행복하다며 내무실로 돌아와 함박웃음을 지었습니다. 까까머리에 시커먼 얼굴로 해맑게 웃던 철부지들 얼굴이 아련하게 기억납니다.

그들은 지금 잘 지내고 있을까요?

그간 잘 지냈는지 궁금하네요. 보고 싶습니다.

그들의 아들도 그때의 우리처럼 지금쯤 군 복무를 하고 있을지 모르겠네요.

3

군가 숙지 | 자대 배치를 아직 못 받은 전우들에게
입대 4일 차 | 2025년 11월 20일 (목) | D-29

〈아들의 시간〉

오늘은 세 번 정도 자다가 깬 것 같다.

덥기도 더웠고 누가 코를 골아서 깬 것도 있다.

그래서 중간에 깨서 이어플러그를 끼고 잤다.

계속 깨서 그런지 오늘 일어날 때 조금 피곤했다.

침구 정리를 하고 양치, 세수를 한 뒤 베개 피와 매트리스 커버를 세탁 맡기고 아침 식사를 했다.

오늘은 아침밥이 잘 넘어가진 않았지만 그래도 다 먹었다.

오늘은 음료로 덴마크 초코우유가 나왔다.

7시 50분.

식사 후, 볼일 보고 양치하고 대기 중이다.

체감상 2주는 된 것 같은데, 이제 4일차다.

말이 안 된다.

생각보다는 지낼 만 하다.

그래도 말이 안 된다.

아침 먹으니까 졸리다.

책상에 엎드려서 잠시 눈을 붙여야겠다.

일어나서 호실 원들이랑 계속 이야기했다.

첫날보다 많이 편해진 것 같다.

다행이다.

점심 먹고 왔다.

그런대로 먹을 만 했다.

졸리다.

조금 자야겠다.

일어나서 소대장님이 하는 병영생활 교육을 들었다.

방탄모 착용법과 조끼 착용법, 수통 착용법, 방독면 등 착용법을 배웠다.

생각보다 쉬웠다.

군가도 배웠다.

생각보다 어려웠는데, 막상 불러보니 군가가 왜 있는지는 알 것 같다.

병영생활 교육 마치고 대기하다가 호실 내에서 방송으로 군가 교육을 한 번 더 받았다.

노래 불렀더니 배고프다.

아.

아빠가 집에서 부르던 빨간 마후라 노래가 익숙해서 외우기 쉬웠다.

석식을 먹고 조교님에게 관물대 정리하는 법을 배웠다.

관물대와 보급품을 얼추 정리하고 저녁 점호를 한 뒤 샤워까지 끝냈다.

자야지.

※ 군가: 군인들이 부르는 노래로 애국심과 전우애를 고취하고 사기를 진작시키기 위한 목적으로 만들어졌습니다. 훈련이나 행군 중에 부르며, 힘든 순간을 모두 함께 이겨 내는 도구이기도 합니다.

※ 병영생활 교육: 군 복무 중 병사들이 안전하고 건강하게 생활할 수 있도록 인성, 심리, 고충 처리 등 다양한 주제를 다루는 교육 프로그램입니다.

〈아버지의 시간〉

군가 하면 어떤 노래가 생각나시나요?

공군은 빨간 마후라

육군은 전선을 간다

해군은 앵카송

해병은 곤조가

저는 육군 출신인데, 왜 곤조가를 부를 줄 아는 걸까요?

1990년도에 코미디언 이경규 씨가 몰래카메라를 마치고 나면 항상 부르던 노래가 '팔도 사나이'라는 걸 입대하고 처음 알았습니다. 그 당시에는 전 국민적인 유행이었죠. 힘차게 팔을 휘저으며 "보람찬 하루 일을 끝마치고서" 이 노래를 어린 마음에 많이 따라 불렀습니다.

저는 민중가요와 군가를 좋아합니다. 오랜 기억 속에 강렬하게 남아 있어서 일반 가요보다 더 정감이 갑니다. 군 생활은 별로 기억하고 싶지 않지만, 군가는 가끔 떠올리며 부르곤 합니다. 군가 가사를 보면 없던 애국심도 생기곤 합니다.

가장 기억에 남는 군가를 꼽으라면 단연 '전우'입니다.

처음에는 그저 부르라고 하니까 외워서 불렀습니다. 가사가 무슨 뜻인지, 왜 이 노래를 불러야 하는지도 잘 몰랐죠. 그냥 조교가 선창하면 따라 부르고, 틀리면 혼나니까 열심히 외웠습니다. 그런데 시간이 지날수록 이 노래가 마음에 스며들기 시작했습니다. 훈련이 힘들어 지칠 때, 집에 가고 싶어 눈물이 날 것 같을 때, 훈련장에서 동기들과 함께 이 노래를 부르면 묘하게 힘이 났습니다.

'한 가치 담배도 나눠 피우고'라는 가사가 참 좋습니다.

군대에서 담배는 힘든 순간을 함께 나누는 도구이자 전우애를 확인하는 매개체입니다. 이 짧은 가사 속에 얼마나 많은 의미가 담겨 있는지 모릅니다. 담배를 피우지 않는 사람도 군대에서만큼은 담배 한 개비의 의미를 압니다. 밖에서는 별 의미가 없을지 모르겠지만 군대에서 담배 한 개비는 위로이자 연대이자 전우애로 생각할 수도 있습니다. 훈련소에서는 강제로 금연해야 하기에 흡연자들은 금연하기 참 좋은 시기입니다.

그런데, 자대에 가면 선임들이 묻습니다.
"야. 신병 중 담배 피우는 사람."
"이병 홍길동"
"이병 고길동"
"야. 너는 담배 안 피워?"
"네. 저는 비흡연자입니다."
"그래? 그럼 빗자루 들고 저기 청소하고 있어."

그렇게 말하고는 담배 피우는 동기들을 데리고 흡연장으로 향합니다. 그럴 때는 청소를 하며 나도 담배를 배워야 하나 심각하게 고민됩니다. 고참들과 함께 담배를 피우는 시간은 군 생활을 배울 수 있는 시간이기도 하지만 고참들과 좀 더 가까워질 수 있는 절호의 기회이기도 했습니다. 가장 중요한 건 그 시간만큼은 고된 작업에서 열외가 되어 조금 편하게 쉴 수 있다는 장점이 있었죠.

훈련받을 때 '전우'와 '멸공의 횃불'을 가장 많이 불렀던 것 같습니다.

전투복 완전 복장에 총을 메고 뛰는 건 참 피곤한 일입니다. 입대하기 전까지 구보라고는 해 본 적이 없는데, 입대 후 구보를 해 보니 숨이 차오르고, 다리가 후들거리고, 땀이 비 오듯 쏟아집니다. 그때 조교가 "전우! 시작!" 하고 외치면 훈련병들이 일제히 따라 부릅니다.

숨이 차는데 노래까지 불러야 하니 더 힘듭니다. 목이 쉬고, 숨이 턱까지 차오릅니다. 옆 사람 박자에 맞춰 따라가기 바쁩니다. 그런데 신기하게도 몸은 힘들지만, 군가를 부르며 뛰면 심리적으로는 그냥 뛰는 것보다 덜 힘듭니다. 아니, 덜 힘든 게 아니라 함께 힘든 거죠. 내 옆에서, 내 뒤에서, 내 앞에서 똑같이 힘들어하며 뛰는 전우들이 있으니까요.

마지막 후렴구를 부를 때면 목소리가 더욱 커집니다. 힘들어도 악으로 깡으로 더 크게 외칩니다. 그게 사나이 자존심이고, 전우애이고, 군인정신이 아니었나 생각됩니다. 큰 함성이 훈련장에 울려 퍼집니다. 그 순간만큼은 모두가 정말 한 몸처럼 느껴집니다. 나이도, 출신도, 학벌도, 배경도 다 다르지만, 이 순간만큼은 하나가 된 것 같습니다. 같은 전투복을 입고, 같은 총을 메고, 같은 노래를 부르며, 같은 땀을 흘리는 전우들과 함께라서 그 시간이 외롭지 않았던 것 같습니다.

훈련소 생활을 마친 후 헤어지며 자대 배치받고 연락하자던 전우들은 나라 지킨다고 바빴는지 지금까지도 연락이 없습니다. 30년 전 핸드폰도 없던 시절이라 모두 집 전화번호를 교환했는데, 단 한 명도 편지도, 전화도 없었습니다. 아직 자대 배치를 못 받은 걸까요?

4

입단식 | 30년 만에 열어 본 조그만 상자
입대 5일 차 | 2025년 11월 21일 (금) | D-28

〈아들의 시간〉

오늘은 잘 때 진짜 더웠다.

그래서 바지 벗고 잤다.

다들 더웠다고 했다.

아침을 먹고 볼일도 봤다.

양치, 세수도 했다.

매 식사마다 음료가 같이 나오는데, 그게 참 좋은 것 같다.

벌써 금요일이다.

그날그날은 진짜 시간이 안 가는데, 돌이켜보면 시간이 생각보다

빨리 지나있다.

대기하다가 점심 식사를 했다.

훈련소 1주차 때 먹고 자고, 먹고 자고만 했다고 하면 아마 누구든 안 믿을 거다.

식사 후 잠시 대기하다가 입단식을 했다.

입단식 이전까지는 예비 훈련병이지만 이후부터는 훈련병이다.

입단식 할 때 국기에 대하여 경례를 했는데, 누가 거기다가 '필승'이라고 해서 중대장님 표정이 별로였던 게 기억에 남는다.

입단식을 마치고 2km 전투 뜀걸음을 실시했다.

전투 뜀걸음이라길래 살짝 걱정했는데, 막상 뛰어보니 진짜 별거 아니었다.

호실 들어와서 잠시 정리하고 대적관 학과 수업을 들었다.

배고프다.

17시 40분 저녁 먹으러 간다.

왔다.

오늘은 자율 샤워여서 밥 먹고 호실 들어오자마자 샤워를 했다.

씻을 수 있을 때 씻었다. ㅋㅋ

점호도 했다.

호실 원들과 이제 꽤나 친해진 것 같다.

근데 조금 시끄럽나 보다.

조금 더 조심해야겠다.

내일이면 주말이다.

자야지.

※ 국기에 대하여 경례: 경례 구호를 안 붙이고, 묵음으로 거수경례합니다.

※ 전투 뜀걸음: 구보를 '뜀걸음'이라 부르며, 뜀걸음 시기는 상황에 따라 조금씩 달라집니다. 기훈단에서는 전투 뜀걸음을 1·2·3·4차로 진행 하며, 1차는 맨몸 2km로 시작해서 차츰 난이도가 올라갑니다.

※ 단독군장: 경계 근무나 훈련 때 착용하는 기본 군장으로 개인화기(소총)·방탄모(헬멧)·탄띠(탄창) 등 '기본 전투 장비'만을 최소한으로 갖춘 상태를 뜻하며, 공군은 주둔지 중심의 훈련이 많아 완전군장보다 단독군장 비중이 더 흔하게 사용됩니다.

〈아버지의 시간〉

아들의 입대 후 첫 주말이 다가옵니다.

처음 맞이하는 금요일이 되니 괜스레 맘이 설렙니다. 주말에는 드디어 핸드폰을 받을 수 있으니까요.

개인별로 차이가 있겠지만 저희 아들은 핸드폰이 없어서 느끼는 불편함은 별로 없었다고 합니다. 오히려 없으니 디지털 디톡스가 되는 느낌을 받았다고 하네요. 가진 것으로 느끼는 편안함보다 없음의 불편함을 통해 평소 가진 것의 소중함을 느낄 수 있으니 이 또한 군대에서만 얻을 수 있는 순기능입니다.

일기를 보니 호실 원들이 조금 친해져서 시끄럽게 떠들다가 조교에게 혼난 모양입니다. 입대 전 분명히 저런 일이 생길 거라고 조언했건만 호실 원들이 친해지면 그걸 알고 있어도 어찌할 수 없는 것 같습니다. 혈기 왕성한 머스마들이라 그 에너지를 주체하기가 쉽겠습니까. 그래도 웃으며 마음을 터놓을 동기들이 있어서 행복해 보입니다.

오늘 저녁에는 옛날 군 생활 생각도 나고 해서 깊숙한 곳에 모셔 놓은 조그만 상자를 꺼내어 봤습니다. 지금은 얼굴도 기억나지 않는 뭇 여인들에게 받은 수십 번은 읽어 본 듯한 구겨진 위문편지들과 학창 시절의 연애편지, 그리고 논산 훈련소 수첩과 일기를 발견했습니다. 학창 시절 연애편지를 아직 간직한다고 하니 주위에서는 간 큰 남자라고 하더군요. 그러나 추억은 추억일 뿐 이젠 얼굴도 기억나지 않고, 이름만 어렴풋이 기억날 뿐입니다. 다들 잘 지내고 있겠죠.

상자 구석에서 그 시절 유행하던 글귀가 적힌 누렇게 변색된 종이 한 장을 펼쳐 보았습니다. 그 시절을 떠올리며 잠시 추억에 잠겨 보시죠.

⟨이등병의 눈물⟩

당신이 핑크빛 하이힐을 신고 거리를 걸을 때
흙 묻은 전투화를 신고 행군을 했고,

당신이 청바지를 입고 멋을 부릴 때
비에 젖은 전투복을 입고 구보를 했다.

당신이 핸드백을 메고 회사에 갈 때
소총을 메고 사격장에 가야 했고,

당신이 나이트에서 춤추며 즐거워할 때
가스실에서 숨이 막혀 괴로움에 춤을 췄다.

당신이 헤드폰을 쓰고 팝송을 듣고 있을 때
철모를 쓰고 군가를 불러야 했고,

당신이 화장하고 얼굴을 드러낼 때
시커먼 위장 크림으로 얼굴을 감춰야 했다.

당신이 카페에서 칵테일을 마실 때
유격장에서 흙탕물을 마셔야 했고,

당신이 자명종 소리에 단잠을 깰 때
기상나팔 소리에 선잠을 깨어야 했다.

당신이 배낭을 메고 여행을 떠날 때
군장을 메고 야간 행군을 나서야 했고,

당신이 레스토랑에서 음식을 남길 때
허기진 배를 채우기 위해 동기들과 싸워야 했다.

당신이 사랑의 소중함을 알았을 때
부모님의 소중함을 알게 되었고,

당신이 다른 남자에게 한눈을 팔 때
나는 당신만을 생각했다.

당신이 친구들과 즐겁게 통화하고 있을 때
오지 않는 답장을 기다리며 편지를 써야 했고,

당신이 다른 남자 품에 안길 때
어머니 품에 안기고 싶은 마음뿐이었다.

당신이 다른 남자에게 사랑을 맹세할 때

이 한 몸 조국에 바칠 것을 맹세했고,

당신이 한 남자의 품에서 사랑을 속삭일 때
나는 사랑하는 한 여인을 잃은 아픔과 슬픔에 눈물을 흘려야 했다.

하지만 당신이 26개월 동안 단 한 사람을 기다릴 때
나는 비로소 당신을 품에 안으며
이 모든 것을 한 장의 추억으로 남기리라.

요즘은 이런 편지를 썼다가 스토커로 낙인찍힐지도 모르겠습니다.
글을 쓰다 보니 낭만의 시절이 떠오르네요.

(5)

첫 통신 보약 | 19명의 시어머니와 함께 사는 법
입대 6일 차 | 2025년 11월 22일 (토) | D-27

〈아들의 시간〉

오늘 진짜 한 4번은 깬 것 같다.

코를 진짜…

개~ 많이 곤다.

이어플러그 끼고 자는데도 뚫고 들어온다.

미치겠다.

이어플러그가 빠질 때마다 찾아서 다시 끼고 잔다.

그래도 이거라도 있어서 그나마 낫다.

아침 먹고 와서 씻었다.

볼일도 봤다.

오전은 신변 정리 시간이다.

쉬는 중이다.

현재 8시.

빨래도 했다.

계속 대기 중이다.

12시 12분 밥 먹고 왔다.

13시 25분 핸드폰 사용을 했다.

엄마 아빠한테 전화했는데, 눈물은 안 났다.

눈물이 안 나서 오히려 조금 이상했다.

잘 지내고 계신 것 같다.

수료식 때 볼 수 있겠지.

할아버지한테도 전화했는데, 엄청 반갑게 받아 주셨다.

할머니한테도 전화했는데, 안 받으셨다.

동생 목소리도 들었다.

짝지한테도 전화했다.

일주일 만에 목소리를 들었는데, 바쁘게 지내고 있다고 한다.

잘 지내고 있는 것 같아 다행이다.

나도 잘 지내고 있다고 했다.

휴대폰 사용을 끝내고 부직포 명찰을 재활용 전투복, 방탄모, 동 체
련복에 주기했다.

19시 20분.

저녁 식사 후 대기 중이다.

아. 군번이 나왔다.

XX-XXXX

저녁 점호하면서 처음 전투복 완전 복장을 입었다.

군인 같았다. ㅋㅋ

샤워했다.

자야지.

※ 신변 정리: 군에 입대하면 정해진 시간에 따라 움직입니다. 기상, 점호, 교육, 훈련, 이동까지 모든 게 정해져 있습니다. 그런데 그 촘촘한 일정 속에도 아주 잠깐, "이제 각자 자기 일 좀 해라"하고 풀어 주는 시간이 있습니다. 그게 바로 신변 정리 시간입니다. 즉, 자기 몸과 생활을 정리하는 시간입니다. 타 군종에서는 '개인 정비'라고도 합니다.

※ 통신 보약: 군대에서 자녀에게 걸려 오는 보약 같은 전화를 말합니다. 부대에서 전화 송수신할 때는 '여보세요.' 대신 '통신보안'이라고 합니다. 통신보안+보약이 합쳐진 말이 '통신 보약'입니다.

※ 통신보안: 군대의 전화는 기본 전제가 다릅니다. '이 통화는 언제든지 도청·감청될 수 있다'는 가정 위에서 운용됩니다. 실제 감청 가능성과

별개로 그렇게 가정하고 행동하도록 훈련하는 것이 군의 방식입니다. 그래서 전화를 받는 순간부터, 이 통화가 사적인 대화가 아니라 군 통신 체계 안에 있는 행위라는 걸 서로에게 분명히 상기시키는 말이 필요합니다. 그 역할을 하는 게 바로 '통신보안'입니다.

〈아버지의 시간〉

요즘은 동기 내무반을 쓰는 곳이 있다는 말을 들었습니다.

'군대는 계급사회고, 상명하복이 존재하는 곳인데, 동기끼리 내무반을 쓰면 엉망 되겠는데?' 하는 생각이 들었습니다. 하지만 제도를 도입했고, 일부 부대에서 그렇게 실행하고 있다고 합니다. 동기 내무반을 쓴다고 해도 24시간 감시받는 단체생활이 주는 근본적인 피로감에서는 벗어나기 힘들 겁니다.

군대 생활이 힘든 건 훈련 때문이 아니라 사람 때문입니다. 훈련은 힘들어도 얼마든지 견딜 수 있습니다. 하지만 사람이 힘들게 하면 도망칠 방법이 없으니 미치게 됩니다. 사회생활과 같죠. 우리가 늘 하는 말이 일이 힘든 게 아니라 사람이 힘들다고 하는 것처럼 군대도 마찬가지입니다. **나와 사이가 안 좋은 시누이와 시어머니가 있다고 가정해 보시죠.** 한 내무실에 20명이 함께 생활한다면 군대라는 곳은 19명의 시누이와 시어머니를 모시고 한 방에서 2년의 세월을 함께 보내야 합니다. 물론 앞 기수가 밀려서 나가고 나도 진급을 하겠지만 내 바로 위 고참이 또라이라면 군 생활하기 참 힘듭니다.

소위 말하는 풀린 군번이라는 게 있습니다. 내 위로 고참이 많은데, 그 고참들이 나와 계급이 많이 차이 나는 경우를 말합니다. 내가 이등병으로 들어왔는데, 바로 위 고참이 상병 말호봉이나 병장이면 그만큼 내가 왕고참으로 생활할 시간이 늘어나는 겁니다. 그들은 이내 나가고, 내 밑으로 줄줄이 들어올 테니 그럼 풀린 기수가 되는 거죠. 그리고, 함께 자대배치를 받은 동기들 파워가 세면 그것 또한 풀린 군번입니다. 그 기수들은 고참들도 함부로 건들지 못합니다. 표시

안 나게 한 고참에게만 집단 하극상이라도 일으키는 날에는 증거도 없이 고참은 낙동강 오리알 신세가 됩니다. 그래서 동기 파워가 센 기수들과는 고참들도 될 수 있으면 잘 지내려고 노력합니다. 생각해 보면 군대는 참 부조리투성이였습니다. 요즘 군대는 어떤지 모르겠습니다.

단체생활을 하며 가장 고역인 것이 바로 코골이입니다.

학창 시절 수학여행이나 성인이 되어서 가끔 가는 여행에서 친구들이 코를 고는 것만 해도 고문인데, 매일같이 코골이 소리를 듣노라면 그 스트레스가 극에 달합니다. 군 생활에서 가장 힘든 것 중의 하나가 바로 코골이입니다. 좋으나 싫으나 우리 아들들은 군 생활 동안 다른 사람의 코골이 소리를 듣고 살아야 합니다. 어쩌겠습니까? 단체생활이니 할 수 없지요.

그래도 요즘 공군 기훈단에서는 귀마개를 끼고 잘 수 있다고 합니다. 군대 가기 전 아들의 생일날 동생이 커널형 귀마개를 생일 선물로 사 줬습니다. 오빠가 군대 가면 필요할 거라고 검색을 많이 해 봤다네요. 혹시 몰라서 제가 폼형 귀마개도 몇 개 챙겨 줬습니다. 아들의 공군 기훈단 생활 5주간의 경험상 커널형보다는 폼형이 더 낫다고 하네요. 폼형보다 커널형이 더 비싼데, 비싸다고 다 좋은 건 아닌가 봅니다.

30년 전 저는 한 내무반에 스무 명 정도가 함께 생활했습니다. 열

명 정도 누울 수 있는 마루 침상이 복도를 가운데 두고 양쪽으로 있었죠. 잠을 잘 때는 옆으로 눕거나 엎드려서 자면 안 되고, 천장을 똑바로 보고 차렷 자세로 누워서 자야 했습니다. 고개조차 옆으로 돌리면 안 됩니다. 상병 말 호봉 정도 꺾어지면 그때부터는 누워서 자든 엎어져서 자든 터치하지 않지만 일·이등병은 감히 엄두도 못 냈습니다. 서슬 푸른 고참들의 눈초리에 제대로 숨도 쉬지 못하던 시절이었으니까요.

아무리 편해도 군대는 힘든 법입니다. 하물며 일 이등병은 오죽할까요. 숨만 쉬고 있어도 힘든 게 일 이등병 생활입니다. 일 이등병이 걸어 다니다가는 바로 욕설과 주먹과 갈굼이 날아오기 일쑤였습니다. 비슷한 또래끼리 군대에 끌려와서 왜 그렇게 서로를 못 잡아먹어서 안달이었을까요? 밖에서 만났으면 형, 동생, 친구로 지내며 소주잔을 기울였을 나이인데, 군대라는 곳이 사람을 바보로도 악마로도 만드는 것 같습니다. 군기라는 이름을 빌미로 그저 대장 놀이하고 싶었던 건 아니었을까요? 군대에서 후임들 위에 군림하며 왕처럼 한 번 살아 보지 언제 그렇게 살아 보겠냐는 심리도 분명 있었을 것 같습니다. 나도 이만큼 당했으니 너도 이만큼 당해 보라는 본전 심리도 있었을 테지요. 그들은 지금도 왕처럼 살고 있을까요?

아무리 멀쩡한 사람도 군대에 가면 때로는 바보가 되고, 때로는 악마가 됩니다. 그런 모습을 보며 군대는 사람의 원초적 본능, 그중에서도 사악하고 약한 본능을 이끌어 내는 참으로 묘한 집단이라는 것을 깨달았습니다. 명문대 출신이 군대에서는 바보가 되기 일쑤이고, 일진과 양아치들이 군대에서만은 에이스가 되는 모습을 참으로 많이 보았습니다. '신병' 드라마에서 악마 고참인 강찬석 상병이 에이스 역할을 맡는 경우가 군대에서는 허다하게 일어납니다. 사회에서 뭘 하다 왔는지는 중요치 않습니다. 그저 자존심 내려놓고 고참 비위 잘 맞추고 빠릿빠릿하게 움직이며 축구랑 족구 잘하면 에이스가 되는 겁니다. 때로는 기꺼이 바보도 되어야 하고요. 그렇게 후임들의 자존심을 짓밟으며 상대적 우월감과 희열을 느끼고 싶었나 봅니다. 그때의 고참들은 말이죠. 그들이 대장 노릇을 할 곳이 그곳밖에 더 있었을까요?

잠을 자다가 코를 골아서 곤욕을 치른 적이 한두 번이 아닙니다. 그래도 일 이등병 때는 군기가 바짝 들어 있어서 평소에는 코를 골지 않다가도 가끔 나도 모르게 코를 고는 경우가 있습니다. 일 이등병이 평소에 얼마나 피곤하겠습니까. 그럴 때는 자다가 갑자기 별이 번쩍합니다. 얼굴을 감싸고 일어나 앉으면 고참이 머리 위에서 노려보며 베개를 들고 있습니다. 코를 곤다고 베개로 얼굴을 내려친 것이죠. 군대 베개는 안에 빨대를 잘라놓은 것 같은 조각들이 들어 있어서 딱딱합니다. 시간이 지나 생각해 보니 그러다가 사람이 죽을 수도 있겠다는 생각이 드네요. 그나마 인성이 괜찮은 고참은 베개를 손으로 툭 치거나 팔을 툭툭 건드리며 깨웁니다. 쫄따구들도 사람인지라 그들끼리 모여서 전투화를 닦으며 고참 욕을 합니다. 어떤 고참은 쓰레기고, 어떤 고참은 참 괜찮다고 말이죠.

저희 군 생활 이전에는 더 했을 테고, 그 이전에는 더 했겠죠. 훈련도 힘들지만 그런 안 좋은 기억들이 지금까지도 남아 있습니다. 그러니 남자들이 군대 시절을 떠올리면 학을 떼며 다시는 돌아가고 싶지 않다고 하는 것입니다. 학폭은 비교도 안 될 만큼 군폭은 일상다반사였으니까요. 군 생활에서 고참들과 좋았던 기억을 찾기란 참 힘든 것 같습니다. 그 당시의 가해자들에게는 좋은 기억일 수도 있겠지만요.

오늘은 군대의 어두운 면을 소개했습니다.
물론 모든 고참이 다 그랬다는 건 아닙니다. 그중 괜찮은 고참도 있었으니까요. 그냥 '그땐 그랬지' 정도로 생각해 주시면 좋을 것 같습니다.

6

첫 종교 활동 | 매주 일요일 흔들리던 마음의 이유
입대 7일 차 | 2025년 11월 23일 (일) | D-26

〈아들의 시간〉

4시부터 5시까지 불침번을 섰다.

호실 동기에게 이어플러그를 빌렸는데, 폼으로 된 이어플러그가 확실히 좋은 것 같다.

이번엔 x층 입초 근무를 섰다.

1시간이 생각보다 빨리 갔다.

같은 층, 같이 불침번 서는 호실 원이 해가 서쪽에서 뜨나 동쪽에서 뜨나 물어봐서 동쪽에서 뜬다고 대답해주었다.

불침번 끝내고 복귀해서 1시간 자다가 6시 기상했다.

아침 먹고 전투복 완전 복장 입었다.

종교 활동 간다.

불교를 갔다.

스님이 머리가 길었다.

가서 스님 말씀 들으면서 앉아있다가 아이돌 영상 틀어주셨다.

다들 신났는데, 나는 별 감흥은 없었다.

초코파이랑 콜라도 받았다.

콜라랑 초코파이 하나는 그 자리에서 먹었고, 하나는 호실로 들고 왔다.

점심도 먹었다.

핸드폰 사용했다.

오늘은 13시 30분부터 14시 30분까지…

폰 받으면 할 일이 너무 많다.

전화도 해야 되고, 특기도 찾아봐야 되고, 카톡도 확인해야 된다.

전투복과 우비에 부직포 명찰 주기했다.

어제 바느질 좀 했다고 그새 조금 는 것 같다.

이게 뭐라고 기분이 좋다. ㅋㅋ

석식 먹고 와서 샤워하고 호실 원들이랑 이야기하면서 놀았다.

현재 21시 53분.

22시까지 완전 소등 하란다.

내일이면 2주차 시작이다.

자야지.

※ 종교 활동: 주말과 휴일을 이용하여 군 장병들에게 종교적인 활동을 할 여건을 부여해 주는 제도입니다. 종교생활, 종교활동, 종교행사라고도 합니다. 대한민국은 종교의 자유를 허용하고 징병제이다 보니 종교를 믿는 장병들을 배려하기 위해 이러한 제도가 있습니다.

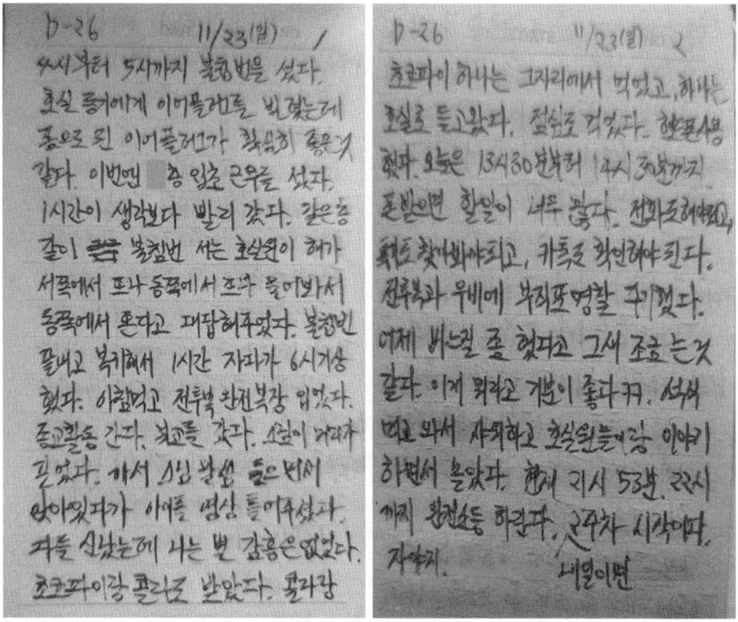

<아버지의 시간>

훈련소에 들어가면 돌아가며 야간 불침번을 섭니다.

부대마다 다르겠지만 매일 서는 것은 아니고, 대략 1~2주에 한 번 정도 돌아옵니다. 깊은 밤 모두가 곤히 잠든 시간에 생활관 불을 최소한으로 낮추고 혼자서 조용히 서성입니다. 그러면, 괜히 별것 아닌 소리에도 심장이 쿵 내려앉고, '지금 이 시간에 내가 여기 서 있구나' 하는 묘한 감정이 올라옵니다. 지나고 나면 불침번 또한 군 생활의 한 장면으로 오래 기억에 남습니다.

요즘은 훈련소에서 평시에 당 충전이 가능합니다. 초코우유가 나오고, 아이스크림도 나옵니다. 그래서인지 당 충전을 위해 모든 종교를 들락거렸던 종교 활동이 우리 세대의 군 생활만큼은 감동이 없나 봅니다.

예전 군 생활을 할 때는 종교 대통합을 실천합니다. 훈련소 첫 주에 불교에 가서 초코파이랑 콜라를 먹고 돌아오면, 교회 다녀온 동기들이 놀립니다.
"우리는 햄버거 나왔는데."

다음 주에 교회 가서 햄버거랑 콜라를 먹고 돌아오면, 천주교 다녀온 동기들이 놀립니다.

"우리는 피자 나왔는데."

다음 주에 천주교 가서 피자랑 콜라 먹고 돌아오면, 불교 다녀온 동기들이 놀립니다.
"우리는 햄버거 2개랑 콜라 나왔는데."

그렇게 6주 동안 불교에서 수계식도 받고, 기독교와 천주교에서 세례도 받으며 진정한 종교 대통합을 실천합니다. 훈련소를 마칠 때쯤이면 자비와 용서와 사랑으로 마음이 가득해 세상이 밝고 아름다워 보입니다. 마치 부처님과 하나님과 성모마리아의 은총을 모두 받은 것만 같습니다.

설마하니 그 당시 어느 훈련병이 초코파이랑 햄버거랑 피자 때문에 마음이 흔들려 여러 종교를 다녔겠습니까. 그저 종교 대통합을 실천할 수 있는 가장 좋은 여건이라 여러 경험을 해 본 것이겠지요. 그 시절엔 그게 또 군대 생활의 지혜이자 생존 방식이었습니다.

아들에게 랍스터가 나왔다는 소식을 전해 듣고 깜짝 놀랐습니다. 제가 입대하고 싶다는 생각이 순간적으로 스쳐 지나갔습니다.

요즘은 불교, 기독교, 천주교 모두 초코파이 2개와 콜라 1개를 준다고 하네요. 훈련병들이 단 음식에 흔들리지 않게끔 스님과 목사님,

신부님께서 협의하신 모양입니다. 종교 간 과잉 경쟁을 막고 불필요한 지출을 줄이려는 현실적인 판단도 엿보입니다.

아들의 일기를 보니 평소 식단을 통해 당을 충전해서 그런지 종교행사 때 주는 초코파이와 콜라의 유혹에 흔들리지 않는 것 같습니다. 첫 주에 종교행사 참석한 후 2주 차부터는 종교행사 대신 생활관에 남아 공부하며 조용히 쉬었다고 합니다.

시대가 변하니 군대 풍경도, 종교행사도, 그리고 그 안에서 흔들리던 마음의 이유도 조금씩 달라지는 것 같습니다. 그래도 과거를 회상하며 이야기할 수 있는 추억이 남는다는 점만큼은 그때나 지금이나 다르지 않은 듯합니다. 다시 가라고 하면 절대 가고 싶지 않은 군대이지만 한 번 다녀오면 그 시절의 추억은 평생 썰을 풀어도 모자랄 만큼 기억에 강렬하게 남습니다.

아들 동기 중 누군가 생활관에서 초코파이를 하나 먹었는데, 그 향이 방 안에 은은히 흘러 퍼지더라고 합니다. 그 달콤한 향을 참지 못하고 다들 받아 온 초코파이를 하나씩 꺼내서 먹었는데, 초코파이가 그렇게 맛있는 음식인지 처음 알았다고 합니다. 저도 아직 훈련소에서 먹었던 초코파이 맛을 잊을 수가 없습니다. 초코파이는 사랑입니다.

예전 훈련병들에게 있어 진정한 종교는 종교 자체라기보다는 맛있

는 걸 많이 주는 종교가 곧 나의 종교가 아니었을까 싶습니다. 초코
파이 신(神)에게는 그야말로 당할 종교가 없었으니까요.

7

받들어총 | 50만 원짜리 가스조절기와 이등병의 눈물
입대 8일 차 | 2025년 11월 24일 (월) | D-25

〈아들의 시간〉

2주 차 시작이다.

오늘은 안 깨고 잘 잤다.

갈수록 잘 자는 것 같다.

아침 먹고 도수 제식 학과를 들었다.

아. 그전에 아침 먹기 전에 아침 점호 후 바로 아침 뜀걸음을 했다.

아무튼 도수 제식에서 차렷, 열중쉬어, 좌우 뒤로 돌아 같은 제식을 배웠다.

날씨가 생각보다 추워서 소대장님이 햇빛 쪽 가서 몸 좀 녹이라고 했는데, 해가 그렇게 따뜻한지 오랜만에 알았다.

밖에서 2~3시간 정도 제식을 배우고 호실로 복귀해서 점심을 먹고 왔다.

잠시 대기하다가 총기를 받았다.

총기는 K2C1.

아빠가 말한 총이다.

실제 총을 보니 신기하고 뭔가 무서웠다.

총은 생각보다 무거웠다.

간단한 총기 설명을 듣고 호실로 들어왔다.

잠시 또 대기하다가 훈련병 강당으로 자살 예방 교육과 범죄 예방 교육을 들으러 이동했다.

교육을 들었다.

교육이 끝나고 밥 먹으러 이동하기 전에 교육 소대장님이 이런저런 이야기 해줬는데, 들으면서 느낀 점은 교육 소대장님이 유쾌하다는 거다. ㅋㅋ

유머러스함. ㅋㅋ

뭔가 MZ하다.

그렇게 밥 먹고 호실 복귀해서 대기하다가 총기 손질했다.

드라마에서 보던 걸 해보니까 감회가 새로웠다.

생각보다 손질하는 건 간단했다.

손질 다 하고 잠시 대기하다가 저녁 점호하고 샤워도 했다.

훈련 일지랑 이거 일기 쓰고, 이제 자야지.

아! 호실 동기 중 바로 옆자리에 있는 형이 나랑 같은 학교 전자과
라고 한다.
반가웠다.
진짜 자야지.

※ 도수 제식: 군사 기초훈련에서 맨손(도수)으로 하는 제식(제식훈련)을
　　뜻합니다. 군인의 기본 규율과 통일성을 기르기 위해 필수적으로 실시
　　되며, 입소식과 수료식 등 주요 행사에서 가장 먼저 또는 마지막에 실시
　　합니다.

※ 총기 손질(총기 수입): 군에서 총기를 닦고 손질하는 작업을 뜻하며,
　　'수입'은 일본어 手入れ(테이레)에서 온 말인데, '손을 들인다'는 뜻의
　　일본식 한자어로, '손질'을 의미합니다. 총기 분해 후 총열·약실의 탄
　　매와 이물질을 제거하고 작동부에 윤활을 하는 절차입니다. 한마디로
　　총을 깨끗하게 청소하는 일입니다.

〈아버지의 시간〉

입대 후 처음 맞이하는 꿈 같은 주말이 지났습니다.

입대하고 처음으로 사랑하는 부모님과 여자친구와 전화 통화도 했습니다. 사회에서는 한시도 손에서 놓지 않던 휴대폰을 5일 만에 받아 보니 그동안 참았던 디지털 금단증상이 조금이나마 해소되었겠네요. 휴대폰을 안 쓰다가 쓰려니 한편 어색하기도 하고 참 반갑기도 했을 겁니다. 먹여 주고, 재워 주고, 입혀 주고, 운동시켜 주고, 디지털 디톡스도 하고, 월급까지 주니 군대가 참 고맙게 느껴질지도 모르겠습니다. 말뚝 박을까 생각하는 아들도 있을지 모르겠네요.

입대 후 정확히 일주일이 흘렀습니다.

그동안 함께 입대한 동기들과 먹고 자고 쉬며, 사회와의 격리 속에서 단체생활에 조금씩 익숙해졌을 겁니다. 이제 본격적으로 맞이하는 훈련소 생활이 우리 아들을 기다리고 있습니다. 어떤 훈련이 아들을 기다리고 있을까요?

아버지 세대가 군 생활할 때 그런 경험이 한 번쯤 있었는지 모르겠습니다.

가스조절기를 잃어버린 경험 말이죠. 일부러 빼지 않는 이상에는 정말 빠지지 않는 게 가스조절기인데, 졸병 때는 이 가스조절기를 꼭 한 번씩 잃어버립니다. 총기 수입하다가 분명히 옆에 놔뒀는데, 어느 순간 사라집니다. 그럼 고참들은 이때다 싶어서 한참을 갈굽니다.

"이등병이 빠져서 가스조절기를 잃어버려? 큰일 났네. 영창 가야겠다. 군기교육대 가야겠네."

"당장 안 찾아? 못 찾겠으면 PX 가 봐. PX에서도 파는데, 가스조절기 하나에 50만 원이야. 근데 너 돈 있어?"

졸병들은 하늘이 노랗습니다. 그 당시 이등병 월급이 만 원도 안 되는데, 가스조절기가 50만 원이라니 그 돈이 있을 리가 만무하죠. 그렇게 한참을 곤혹스럽게 하며 이등병을 가지고 놀다가 나중에 재미없어지면 그제야 가스조절기를 돌려줍니다. 그리고 이등병 탓을 합니다. 가지고 간 고참 잘못이 아니라 눈앞에 두고도 잃어버린 이등병 탓이 됩니다. 억울하지만 그게 맞는 말이라 뭐라 반박할 수도 없습니다.

그렇게 대를 물려 가며 그놈의 가스조절기 분실 사건은 계속해서 이어집니다. 할아버지 군번 때도, 아버지 군번 때도, 내 군번 때도, 내 아들에 손자에 증손자 군번 때도…

※ 가스조절기: 가스 피스톤 방식 구조를 가진 총의 부품 중 하나인데, 보통 '가스조절기', 약칭 '가조기'라고 부릅니다. 총탄을 격발할 때 발생하는 가스를 총 안에 가둬 놓고 적절하게 조절하는 역할을 합니다. 일부러 빼지 않는 이상 잘 빠지지 않지만, 간혹 나쁜 고참놈이 골탕을 먹이려고 일부러 빼서 숨기는 경우가 있습니다.

※ 아들 군번: 육군은 나보다 일 년 뒤에 들어온 후임을 아들 군번이라고 합니다. 군 생활 30개월 이상 근무하신 분들은 손자 군번까지도 보셨을 겁니다.

※ 예전 저의 군 생활 시절에 어머니에게 쓴 편지를 발견했습니다.
문맥도 맞지 않고, 한편으로 낯간지러워 전체 내용 중 일부만 소개합니다. 그때의 제 마음이 지금 우리 아들들의 마음과 별반 다르지 않을 것

같습니다. 그 당시 휴가 때 술을 얼마나 자주 마시고 늦게 들어왔는지, 얼마나 어머니 눈에 눈물이 흐르게 했고, 애를 태웠는지는 잘 기억나지는 않습니다.

'자식은 서운한 것만 기억하고 부모는 미안한 것만 기억한다'고 하죠. 언제 이렇게 나이가 들어 부모가 되었는지 그 시절 내 부모의 나이가 되어 보니 부모님께 미안한 것들만 기억납니다. 돌이켜 보면 늘 미안한 마음뿐입니다. 어머니를 생각하면 늘 고맙고, 애처롭고, 죄송하고, 눈물밖에 나지 않습니다.

사랑하는 어머니께..

　항상 자식 걱정에 당신 몸하나 돌어보실 업두도 못내시는 어머니...

그런 어머니를 생각하면 언제나 죄송하고 존경스러운 마음만 앞설 뿐입니다

어머니라는 위대한 존재가 계시길래 이 세상의 자식들이 이토록 크게 자랄수 있었나 봅니다

항상 자식들과. 남편. 가족들을 돌보시느라 평생을 살아가시는 어머니...

어머니라는 위대한 존재의 이름 앞에 이 아들은 다시한번 편지를 보내고 싶습니다

이번 휴가 나가서 제일 아쉬웠던 점은 어머니와 좀더 시간을 가지지 못했던 점... 그리고 매일 밤 늦게 들어와서 저때문에 제대로 주무시지도 못한점이 제일 마음에 걸립니다

다음 휴가 때는 좀더 성숙해진 모습을 꼬여드릴 것을 약속하며. 어머니와 가족들의 건강과 행복을 빌어드리겠습니다.　어머니 사랑합니다

/99 . 8 . 20　　　　　사랑하는 아들 드림

<어머님 전 상서>

사랑하는 어머니께.

항상 자식 걱정에 당신 몸 하나 돌아보실 엄두도 못 내시는 어머니.

그런 어머니를 생각하면 언제나 죄송하고 존경스러운 마음만 앞설 뿐입니다.

어머니라는 위대한 존재가 있길래 이 세상의 자식들이 이토록 크게 자랄 수 있었나 봅니다.

항상 자식들과 남편, 가족들을 돌보시느라 평생을 살아가시는 어머니.

어머니라는 위대한 존재의 이름 앞에 다시 한번 찬사를 보내고 싶습니다.

(중략)

이번 휴가 나가서 제일 아쉬웠던 점은 어머니와 좀 더 시간을 가지지 못했던 점, 그리고 매일 밤늦게 들어와서 저 때문에 제대로 주무시지도 못한 점이 제일 마음에 걸립니다. 다음 휴가 때는 좀 더 성숙해진 모습을 보여드릴 것을 약속하며 어머니와 가족들의 건강과 행복을 빌어드리겠습니다.

어머니 사랑합니다.

199*. 8. 28. 사랑하는 아들 드림

8

특기 적성시험 | 내 애인은 쇠 냄새가 났다
입대 9일 차 | 2025년 11월 25일 (화) | D-24

〈아들의 시간〉

잘 잤다.

오늘 아침 점호하려고 점호장에 집합했는데, 안개가 미쳤었다.

진짜 5~10m 거리에 사람이 있어도 사람인 것 같은 실루엣만 보였다.

안개 때문에 아침 뜀걸음은 안 했다.

아침 먹고, 씻고 바로 전투복 완전 복장으로 총기 챙겨서 훈련장으로 갔다.

이번엔 집총제식을 배웠다.

총 처음에는 들고 있을 만했는데, 2시간 정도 교육 들으니까 팔이 너무 아팠다.

끝나니까 11시 10분 정도 됐다.

체련복으로 환복하고 신변 정리하면서 점심 식사 대기 중이다.

배고프다…

아침에 x 마려워서 얼마 안 먹었더니 너무 배고프다.

밥 먹었다.

이제 살 것 같다.

잠시 대기하다가 오후 학과인 도수체조를 들으러 갔다.

도수체조는 총 12가지 동작으로 구성된다.

생각보다 외워지는데, 생각보다 헷갈린다.

잘 복습해야겠다.

전투복과 체련복 안에 내의를 입어서 춥진 않았다.

도수체조가 끝나고 특기 분류 설명을 듣고 석식을 먹었다.

잠시 대기하다가 아니, 대기할 틈도 없이 바로 특기 적성시험을 쳤다.

그냥 아이큐 테스트 느낌이다.

23시가 되어서야 호실로 복귀했다.

오는 길에 하늘을 보니 별이 수놓아져 있었다.

예뻤다.

카메라가 없어서 눈에만 담았다.

점호하고 샤워도 했다.

※ 집총제식: 총기를 휴대하고 수행하는 제식훈련으로 군인이 총을 들고 서거나 이동할 때 지켜야 하는 기본 동작과 자세를 규정한 제식입니다. 총을 어떻게 잡고, 어느 방향으로 두며, 어떤 순서로 움직일지를 통일함으로써 안전사고를 막고 질서를 유지합니다. 훈련소에서 반복적으로 집총제식을 익히는 이유는 총을 다루는 기술 이전에 군인의 몸가짐을 몸에 새기기 위해서입니다.

※ 국군도수체조: 대한민국 국군에서 매일 아침 점호, 그리고 체력 단련 때마다 하는 체조로 도수체조라고 부릅니다. 도수는 맨손이라는 뜻으로 특별한 도구를 사용하지 않는다는 뜻입니다. 일부 부대에서는 순우리말 사용을 늘리기 위해 국군맨손체조라고 칭하는 경우도 생겨나고 있습니다.

※ 공군 특기 적성시험: 공군에 입대한 훈련병들은 훈련 기간 중 자기 적성과 역량에 맞는 특기(병과)를 부여받기 위해 특기 적성 검사(특기시험)를 치르게 됩니다. 자대배치용 성적은 기훈단과 특학 성적이 각 50%씩 적용됩니다. 공군 특기 적성시험은 '누가 더 뛰어난가'를 가리는 시험이 아니라, '누가 어디에 더 맞는가'를 판단하는 방향 설정 시험이라고 이해하면 가장 정확합니다. 우스갯소리로 공부하는 군인이라서 '공군'이라고 한다는데, 아들 입대 후 기훈단과 특학에서 공부하는 모습을 보니 그 말이 일리가 있습니다.

〈아버지의 시간〉

처음 총을 받으면 긴장됩니다. 영화에서만 보던 총을 실제로 보니 신기하기도 하고, 두려움도 밀려옵니다. 총기를 지급하기 전부터 엄청나게 군기를 잡습니다. 단 한 번만 실수해도 생명과 직결되는 사고가 일어나기 때문에 안전사고에 대비하기 위해서입니다. 사격장과 수류탄 교장에서는 절대 이빨을 보이면 안 됩니다. 조금만 정신상태가 해이해져도 큰 사고로 이어지기 때문이죠.

그래서 사격 훈련을 하기 전에는 PRI를 하며 엄청나게 굴립니다. 소총 예비 훈련인 Preliminary Rifle Instruction의 약자이지만, 훈련병 사이에서는 피(P)나고, 알(R) 배기고, 이(I) 갈리는 훈련이라고 악명이 자자합니다. 사격장에서 꼭 총열을 사람 쪽으로 향하는 훈련병이 매 기수마다 꼭 한 명씩은 있습니다. 교관과 조교들은 환장할 노릇입니다. 그렇게 하지 말라고 해도 꼭 하는 훈련병이 있습니다.

군대에서는 총기를 애인과도 같다고 가르칩니다.
"총기는 애인과도 같다. 알겠나?"
"네. 알겠습니다."
"그럼 누가 달라고 하면 줘야 되겠어? 안 줘야 되겠어?"
"주지 말아야 합니다."

외부에서 훈련할 때는 화장실 갈 때도 식사할 때도 항상 총기를 휴대해야 합니다. 가끔 서너 자루의 소총을 서로 맞물리게 세워 카메라 삼각대 형태로 자립시키는 '총기 삼각 거치' 방식을 사용합니다. 야외 훈련이나 사격 대기, 장비 정리 시 땅에 그냥 눕혀 두지 않고 총기를 안정적으로 보관하기 위해 사용합니다. 만약 탄이 발사되더라도 하늘로 발사되어 덜 위험합니다. 총구에 흙이 안 들어가게 하기 위해서이기도 하고, 당나라 부대처럼 바닥에 널브러져 있으면 본인 총을 찾기 어렵기도 해서입니다. 자기 총을 찾기도 쉽고, 미관상 좋지도 않아서 삼각 거치 방식을 종종 이용합니다. 국방부에 문의해 보니 지금은 대다수 총이 개머리판이 접어져서 총기 삼각 거치 방식은 사용하지 않아 '총기 삼각 거치법'은 사문화된 표현이라고 합니다.

　보통 사격 이전과 이후에 총기 손질(수입)을 실시합니다. 내무반에서 총기 분해결합을 하며, 꼬질대로 총열을 열심히 닦습니다. 고참들은 돌아가며 후임들 총열을 검사하며 구박합니다.

　"야. 안에 먼지 있잖아. 똑바로 안 닦아?"
　고참이 총열을 꼬질대로 박박 닦으니 내가 했을 때는 안 나왔던 이물질이 묻어 나옵니다. 나는 아무리 봐도 먼지가 없는데, 고참 눈에는 그게 보이나 봅니다. 역시 짬밥을 똥구멍으로 먹은 게 아닌가 봅니다.

　총기 수입이 끝나면 총기 담당 고참이 말합니다.
　"19시까지 총기 반납해야 하니까 총기 손질 후 반납해라"
　"아닙니다. 총기는 제 애인과도 목숨과도 같습니다. 드릴 수 없습니다."
　"야. 총기 반납해야 한다고."
　"안 됩니다."
　"이런 미친~~~"

　한 차례 욕을 바가지로 먹고 나서야 고참에게 총을 건네줍니다. 그럼 고참은 음흉한 미소를 지으며 또 한마디 합니다.

"야. 총기를 아무한테나 줘? 영창 갈래?"
"아닙니다. 죄송합니다."
이래도 욕 듣고, 저래도 욕을 듣는 게 군대입니다. 모든 건 고참놈 마음입니다.

특히 사격 전후의 야간 점호시간에는 총기 점호를 종종 합니다.
각 총에는 총번(총기 고유번호)이 새겨져 있습니다. 본인의 총을 잃어버리지 않기 위해서 늘 본인 총번을 기억하고 있어야 합니다. 점호시간에 당직 사관이 내 앞에 와서 "총"이라고 하면 총번을 말하며 건네줘야 합니다.

"총"
"이병. 홍길동. 총번 1234567"
당직 사관이 총검사를 한 후 합격하면
"음…. 그래 좋아. 총기 손질 깨끗하게 했네."
"이병 홍길동. 감사합니다."

"총"
"이병 고길동. 총번 2345678"
"흠… 점호 끝나고 총기 손질 다시 해. 분대장이 검사하고 나한테 보고해."
"예. 알겠습니다."

그 후에는 총기 손질 제대로 안 했다고 고참들에게 돌아가며 갈굼을 당합니다. 사실은 분대장을 귀찮게 했다고 갈굼을 당하는 거죠. 그래서 총기 손질은 확실하게 하는 것이 좋습니다.

당직 사관이 총을 달라고 했는데도 “안 됩니다. 총은 제 애인과도 같습니다.” 이런 말을 하면 바로 조인트 까입니다. 여러모로 상식이 안 통하고 융통성이 없는 곳에서 눈치를 잘 봐 가며 융통성을 부려야 하는 곳이 군대입니다.

9

조교 특기 홍보
태정태세문단세보다 절실했던 열두 글자
입대 10일 차 | 2025년 11월 26일 (수) | D-23

〈아들의 시간〉

어제 늦게 잤는데, 오늘 진짜 꿀잠 잔 것 같다.
한 번도 안 깨고 잘 잤다.

아침 뜀걸음하고 아침 식사를 했다.
호실 복귀하자마자 전투복 완전 복장으로 총기 이론 학과를 들으러
갔다.
기본적인 K2C1 소총에 대한 정보와 발사 원리, 사격술 등을 배웠다.
진짜 듣는데, 졸려 죽을뻔했다.

호실로 복귀해서 대기하다가 점심 먹었다.
이제 또 오후 학과인 총기 분해결합을 들으러 가야 한다.

아. 총기 분해결합이 아니라 화생방 이론교육이었다. ㅋㅋ

바로 이어서 응급처치 학과도 이어서 들었다.

이제 조교 홍보한다고 한다.

들었다.

조교는 5주 근무하고 5주는 그냥 휴가를 나가거나 일반 생활을 한다고 한다.

좀 힘들어 보이긴 한다.

세무사나 회계사 준비할 거면 하지 말라고 한다.

아무튼 교육을 다 마치고 복귀해서 석식을 먹고 호실로 다시 왔다.

자기 사명서랑 훈련 일지 써야 된다.

샤워도 했다.

근데 이제 자란다...

21시 54분.

22시까지 완전 소등하란다.

자야지.

※ 완전 소등: 군대 완전 소등은 정해진 소등(불 끄기) 시간 이후에는 생활
관 등 모든 공간에서 불을 완전히 끄고, 추가적인 조명이나 활동 없이
취침 등 기본 생활만 허용하는 것을 의미합니다. 군 내 질서 유지, 생활
관 내 안전 확보, 그리고 취침 등 기본 생활 리듬을 위해 시행됩니다.

※ 연등제도: 연등은 특별한 허가(연등 신청)를 받으면 독서, 공부, 휴대폰 사용 등 일부 활동이 가능하지만, 완전 소등은 그마저도 불가합니다.

〈아버지의 시간〉

군 생활이 힘든 이유는 나를 힘들게 하는 사람과 함께 오랫동안 사회와 격리되어 고립된 생활을 한다는 것입니다. 몸을 굴리는 훈련은 견딜 만합니다. 사람만 좋으면 오히려 전우애도 생기고 할 만한 것이 훈련입니다.

30년 전 논산 훈련소 훈련용 수첩을 꺼내 들었더니 아래와 같은 두 줄의 내용이 적혀 있습니다.

- 사회와의 격리: 매스컴 차단(교육 수료 시까지 TV 시청 금지)
- 도수체조 순서: 다팔목가옆등몸팔온뜀팔숨

사회와의 격리라는 글을 보니 '그래. 거기는 군대였지.' 싶었습니다. 두 번째 줄은 무슨 암호인가 싶어서 보니 도수체조 순서를 줄여서 외우기 쉽게 써 놓았네요. 마치 태정태세문단세처럼 말이죠.

[다팔목가/옆등몸팔/온뜀팔숨]은 하나씩 풀어 보면 그 의미가 더욱 또렷해집니다.

다 → 다리 운동
팔 → 팔 운동
목 → 목 운동
가 → 가슴 운동
옆 → 옆구리 운동
등 → 등 운동
몸 → 몸통(허리 · 상체) 운동
팔 → 팔 벌려 뛰기(또는 팔 · 전신 연계 동작)
온 → 온몸 운동

뜀 → 뜀뛰기(제자리 점프)

팔 → 팔 흔들기 정리 동작

숨 → 숨 고르기(호흡 정리)

이 암기어의 핵심은 '위에서 아래로, 부분에서 전체로' 움직임이 확장된다는 것입니다. 훈련소에서도 이 도수체조를 외워야 하는데, 평가 시 틀리면 감점을 받습니다. 이걸 외우기 위해 내무반에서 동기들끼리 수시로 연습하는 것으로 알고 있습니다. 도수체조의 순서는 군대 체조가 체계적으로 구성돼 있다는 걸 가장 잘 보여 주는 예인데, 외우는 방법은 다음과 같습니다.

첫째, 몸의 이동 순서로 외운다.

도수체조는 위에서 아래로, 부분에서 전체로 진행되는데, 이 구조를 이해하면 됩니다.

다리 → 팔 → 목 → 가슴 → 옆구리 → 등 → 몸통 → 전신 → 호흡 정리

라는 흐름을 먼저 머릿속에 그리면 순서가 자연스럽게 연결됩니다.

둘째, 암기어를 박자에 얹는다.

'다-팔-목-가 / 옆-등-몸-팔 / 온-뜀-팔-숨'처럼 네 박자씩 끊어 소리 내어 읊조리면 기억이 잘 됩니다. 실제 도수체조 구령의 리듬과 맞추면 몸이 먼저 반응합니다. 자대에서도 매일 하는 건 아니라서 상병장

들도 곧잘 순서를 헷갈리곤 합니다. 하지만 오래 적응되어서 그런지 조금 헷갈리더라도 몸이 먼저 반응합니다. 확실히 짬밥은 무시할 수 없습니다.

셋째, 동작을 상상하면서 말한다.
단어만 외우지 말고 동작 장면을 떠올리면 기억이 이미지로 고정됩니다. 훈련소에서 도수체조가 빨리 익숙해지는 이유도 말과 동작이 동시에 반복되기 때문입니다.

정리하자면, 도수체조 암기의 요령은 외우려 들지 말고 몸의 흐름으로 이해하는 것입니다. 그러면 머리가 아니라 몸이 먼저 순서를 기억하게 됩니다.

국군도수체조가 별로 재미도 없고, 지루하지만 온몸 스트레칭을 하기에 그만한 운동이 없습니다. 제가 복무할 때는 막 태권무가 도입되어서 태권무를 한창 배우곤 했었죠. 태권도와 에어로빅을 결합한 것인데, 쿵따리샤바라 노래에 맞춰서 태권무를 진행했습니다. 선·후임들과 투덜거리면서 왜 이런 걸 배우냐며 따라 하긴 했는데, 나름대로 재미도 있었습니다.

아들은 내일 아침 점호시간에도 국군도수체조를 하겠군요.

10

각개전투 | 타이어와 씨름하는 훈련병의 속사정
입대 11일 차 | 2025년 11월 27일 (목) | D-22

〈아들의 시간〉

아침 뜀걸음하고 아침 식사했다.

오전에는 기지 방호 이론 수업이 있었다.

기지방어와 기지 방호의 차이점부터 끝에는 암구호까지 어떻게 하
는지 배웠다.

배고프다.

오전 학과 때는 너무 졸려서 큰일이다.

옆에서 졸거나 자는 애들은 조교들이 와서 뭐라 한다.

덕분에 졸진 않지만 진짜 개~졸리다.

이것도 다 듣고 점심 먹었다.

오후에는 각개전투가 있다.

보호대 들고 오길 잘한 것 같다.

각개전투하러 전천후 훈련장 들어가자마자 교관들이 "빨리 들어옵니다~! 발맞춥니다~!" 이러면서 소리를 엄청 질렀다.

훈련은 별로 안 힘들었다.

아 그리고 중간에 엎드려 쏴 할 때 뒷사람 소염기에 급소 맞았는데, 너무 아팠다.

조금 있으니까 괜찮아지긴 했는데, 그 순간엔 뒷사람 진심으로 패고 싶었다.

4시간 정도 각개전투하고 생활관으로 복귀해서 석식을 먹었다.

호실로 복귀해서 신변 정리하다가 샤워하고 점호도 했다.

다 씻고 앉아서 쉬고 있는데, 갑자기 전 훈련병 점호장 집합하란다.

별도 특기 대상자들 면접 보고 대대로 복귀했는데, 수가 안 맞는다나 뭐라나…

그냥 나갔다 복귀한 사람들만 모아서 확인하면 될 일 아닌가.

이게 바로 군대식 일 처린가…

아무튼 뭐 어쩌겠나.

까라면 까야지.

점호장 모여서 잠시 있다가 들어왔다.

오늘 불침번인데...

자야지...

아 맞다.

아침에 볼일 잘 봤다. ㅋ

진짜 자야지.

※ 소염기: 총기류의 총구에 달린 기구로 총열에서 빠져나오는 가스를 넓게 퍼뜨려 재빨리 완전연소 하게 만드는 총기 부착물입니다.

※ 각개전투: 기초군사훈련에서 병사 개인·분대·소대가 약진과 포복으로 적진에 접근해 목표를 점령하는 분대 단위 전술 훈련입니다. 목적은 생존이 최우선이고 그다음 목표 점령이며, 훈련소에서 배운 전투기술을 재정리해 활용합니다. 교장은 수풀·흙·돌이 많은 험한 오르막 지형에서 진행되나 부대 사정에 따라 차이가 있습니다.

※ 기훈단 입소할 때 팔꿈치와 무릎 보호대를 가지고 가는 것이 도움 된다고 합니다.

〈아버지의 시간〉

아들이 휴가 나와서 하는 말이 각개전투 훈련 때 '엎드려 쏴'를 하는데, 뒷사람 총의 소염기에 급소를 맞았다고 합니다. 순간 너무 아파서 소리도 안 나오더라며, 터진 줄 알았다고 하더군요. 총을 직접 쏘거나 착검 후 총검술 하는 것만 생각했지, 소염기로 찌르는 건 상상도 못 했습니다. 어떤 이유에서건 군대는 위험한 곳이고 총도 참 위험한 물건입니다. 다수가 훈련하는 상황에서 늘 주위를 잘 살피고 안전사고가 일어나지 않도록 조심해야겠습니다.

여러분이 생각하는 군대 '훈련의 꽃'은 무엇인가요?

가장 힘들고 기억에 남는 훈련을 '훈련의 꽃'이라고 표현합니다. 보통 화생방(화학전 생물학전 방사능전), 각개전투, 유격, 행군, 소총 예비 훈련인 PRI(Preliminary Rifle Instruction의 약자, 훈련병 사이에서는 피(P) 나고, 알(R)배기고, 이(I)가 갈리는 훈련이라고 통칭) 등을 꼽습니다.

개인적으로는 화생방과 각개전투가 저의 최애 훈련이었던 걸로 기억됩니다. 화생방은 힘들어서 기억에 남는데, 그 힘듦이 무척이나 짧고 강렬했습니다. 화생방은 따로 소개하겠습니다. 각개전투는 매우 힘들었지만 병정놀이하는 것처럼 재밌게 했던 기억으로 남아 있습니다.

분대장 훈련병이
"분대. 약진 앞으로~"라고 소리치면 옆의 분대원들이
"약진 앞으로. 와~~~"라고 함께 외치며 고지를 향해 회피, 은폐, 엄폐하며 뛰어나갑니다. 가상의 적을 상상하며, 적의 총에 맞지 않으려고 지그재그로 달려 나가는 모습이 한편으로는 우스꽝스럽기도 합니다.

논산 훈련소의 각개전투장은 오르막이었던 걸로 기억합니다.
낮은 포복, 높은 포복, 응용 포복, 드러누워 통과를 몇 번이나 반복하며 각개전투를 몸에 익히고 고지를 점령합니다. 고지 점령 후 나를 고생시킨 적군에게 화풀이라도 하듯 고지 위에 우뚝 버티고 있는 타이어를 차고, 때리고, 찌른 후 큰 소리로 하늘을 향해 소리칩니다.

"고지 점령. 와!~~~"

큰 소리로 고함을 지르니 답답했던 병영생활에서 순간 잠시 마나 속이 시원해집니다.

그런데, "와!~~~"하는 소리가 너무 깁니다. 너무 오래 기뻐하는 건 아닌지 모르겠습니다. 어차피 빨리 내려가 봐야 잠시 대기했다가 바로 다시 또 올라와야 합니다. 그래서 최대한 늦게 내려가려고 타이어가 너덜너덜해질 때까지 찬데 또 차고, 때린 데 또 때리고, 찌른 데 또 찌르며 "와!~~~"하는 함성을 하염없이 지르고 있습니다. 멀리서 보면 정말 군기가 바짝 든 것처럼 보입니다. 하지만 속내는 따로 있습니다. 훈련병도 사람인지라 훈련받다 보면 누가 알려 주지 않아도 알아서 요령을 조금씩 익힙니다.

"와!~~~"

계속해서 "와!~~~" 소리를 지르며
"야. 좀 천천히 움직여. 목소리는 더 크게. 최대한 시간 끌어야 돼."
라고 동기들끼리 속닥거리며 타이어와 씨름하고 있으면, 늘 그런 훈련병들을 봐온 조교들은 가소롭다는 듯이 바라보며 벼락같이 소리칩니다.

“야이 xxx들아. 빨리 안 내려와?”
“예! 알겠습니다.”

그제야 엉거주춤 타이어와 작별하고 투덜투덜하며 다시 아래쪽으로 내려갑니다. 잠시 후 또 올라와야 할 이 고지를 벌써 몇 번째 다시 올라오는 건지 모르겠네요. 하늘을 올려다보니 아직도 해는 중천에 떠 있습니다. 이제 이 훈련을 그만해도 각개전투는 잘 할 수 있는데, 훈련은 언제쯤 끝날까요.

하지만 군대는 훈련의 반복입니다.
머리가 기억하지 않고 몸이 기억할 때까지 무식하고 용감하게 하고 또 하고의 무반 반복입니다. 그 시절 각개전투장은 마치 무한 반복되는 뫼비우스의 띠를 떠오르게 합니다.

11

총기 분해결합
우리는 죽은 자의 땅 위에 발을 딛고 산다
입대 12일 차 | 2025년 11월 28일 (금) | D-21

〈아들의 시간〉

4시부터 5시까지 불침번 섰다.

진짜 애매한 시간대여서 힘들다.

불침번하고 다시 잤다.

아침 점호하고 아침 식사하고 왔다.

오늘 오전 학과는 생활관에서 TV로 진행한다.

〈공군사〉〈군사보안〉을 배운다.

첫 번째 수업은 재밌었는데, 두 번째 수업은 별로 재미없었다.

잠시 대기하다가 점심 먹고, 오후 학과인 총기 분해결합 들으러 갔다.

분해결합 생각보다 쉬웠다.

몇 번 반복 숙달해 보고 호실로 복귀했다.

이제 전투 뜀걸음 2km 한다.

전투복 완전 복장으로 뛰었는데, 생각보다 너무 할만해서 싱거웠다.

뛰면서 노래 부르는 게 제일 힘들다.

끝나고 저녁 먹고 총기 손질하고 점호하고 샤워했다.

이제 이 생활이 익숙해졌다.

22시 30분.

자야지.

※ 군사보안: 적의 간첩 행위, 관측, 파괴, 요란 및 기습으로부터 부대를
　　보호하기 위하여 취하는 제반 활동을 말합니다. 군사기밀 누설 방지,
　　통신보안, 신원 확인 등이 포함되며, 모든 군인이 숙지하고 실천해야
　　하는 중요한 의무입니다.

※ 총기 분해결합: 소총을 구성 부품으로 분해하고 다시 조립하는 훈련으
　　로 총기 고장 시 신속한 정비와 유지보수를 위해 필수적으로 익혀야
　　하는 기술입니다. 눈 감고도 할 수 있을 정도로 반복 숙달하며, 전투
　　상황에서 생명을 지키는 기본기입니다.

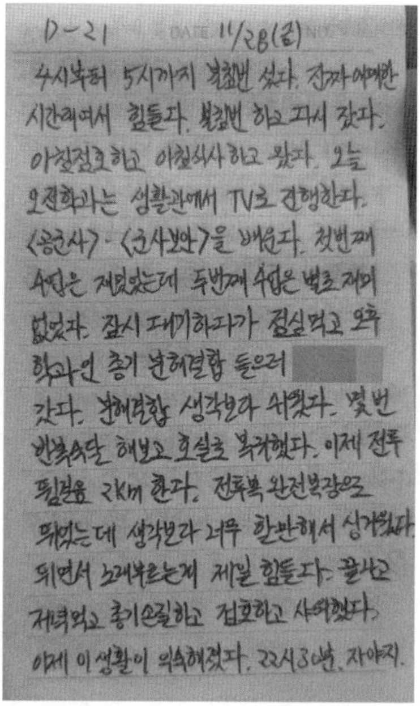

〈아버지의 시간〉

　저는 육군으로 가서 논산 훈련소에서 6주 동안 신병 기초교육을 받았습니다.

　이후 남한산성 육군종합행정학교에서 6주 동안 헌병 후반기 교육을 받았습니다. 후반기 교육을 받으며 육군종합행정학교가 옛날에 공동묘지였다는 소문이 공공연하게 돌았습니다. 350만 년의 인류 역사를 돌이켜 보자면 우리가 발 딛고 사는 어딘들 산 사람보다 죽은 사람이 훨씬 많겠지요. 우리는 현재 죽은 자의 땅 위에 발을 딛고 살아가고 있다고 봐도 무방합니다. 지금, 이 순간 내가 발을 딛고 있는 이곳도 예전에 누군가 묻힌 자리일 수 있습니다. 육군종합행정학교도 옛날 이름 모를 누군가 묻혔던 자리일 수 있을 테지요.

외곽 야간 근무를 설 때 귀신을 봤다는 동기들도 많았고, 특히 산으로 올라가는 건물에 예전에 여군이 어찌 되었다는 소문이 있었습니다. 특히 그곳에 귀신이 많이 출몰한다는 이야기가 들렸는데, 낮에 귀신을 봤다는 동기들도 있었습니다. 마치 국민학교 시절 가을 대운동회 때 구미호가 나온다, 홍콩 할매 귀신이 나온다는 소문과 다를 바 없었습니다. 하지만 봤다는 동기들이 차츰 늘어나니 살살 공포심을 자극하더군요. 군대에서 귀신 봤다는 분들이 생각보다 많습니다. 저는 아쉽게도 못 봤지만 지금 예비군들에게 한번 물어보면, 경험담이 술술 나올 수도 있습니다.

어디서 한 번쯤은 이런 말을 들어 봤을 겁니다.
'군부대는 원래 공동묘지 같은 음기가 센 곳에 세운다. 왜냐하면 그 음기를 양기로 눌러야 하니까.'

처음 들으면 묘하게 그럴듯합니다. 군대라는 공간이 주는 분위기나 부대에 들어섰을 때 느껴지는 묵직한 공기까지 떠올리면 더욱 그렇죠. 이상하게 부대 정문을 들어서는 순간 공기가 무겁고, 바깥보다 10도 정도 온도가 낮은 것 같은 느낌이 듭니다. 하지만 이 말을 조금만 차분히 뜯어보면, 사실과 믿음이 어디서 갈라지는지가 또렷해집니다. 실제로 군부대가 들어서는 땅은 대개 산자락이거나 외곽이고, 사람이 많이 살지 않던 곳입니다. 이런 땅은 과거에 농사도 어렵고 주거로는 부적합해서 공동묘지나 매장지로 쓰였던 경우가 많았습니다. 그러다 시간이 지나 도시가 커지고, 국유지 확보가 쉬운 땅이 필요해지면서 군사시설이 들어섰을 테지요.

그러니까 무덤 위에 군부대를 세웠다기보다는 사람이 살기 힘든 땅이 먼저 묘지가 되었고, 나중에 군부대가 들어왔다는 순서가 더 정확할 겁니다.

그런데도 이 이야기가 계속 살아남는 이유는 따로 있을 겁니다. 군대는 규율, 통제, 반복, 긴장 같은 감정이 응축된 공간입니다. 풍수에서 말하는 양기란 본래 사람의 움직임과 소리, 집단의 활동성을 뜻합니다. 행군하는 발소리, 구령, 집단생활 자체가 상징적으로는 매우 강한 양기가 분출되는 장면입니다. 젊은 머스마들이 웃통 벗고 군가 부르며 구보를 하는 상상만 해도 양기가 뿜어 나오지 않으신가요? 여기에 군 생활에서 느끼는 심리적 압박과 폐쇄감이 더해지면서 사람들은 이 공간의 무거움을 '음기'라는 말로 설명하기 시작하지 않았을까 생각해 봅니다.

결국 그 장소의 기운이라기보다는 그 공간에서 사람들이 겪는 경험과 감정이 만들어 낸 자의적인 해석이 아닐까 생각합니다. 그래서 이 괴담은 사실이라기보다는 상징의 언어에 가까울 것 같습니다. 군부대가 음기를 누르기 위해 세워졌다는 말이 제도나 역사로 증명되는 설명은 아니지만, 군대라는 공간이 사람에게 어떤 느낌을 주는지를 아주 직관적으로 표현한 말이긴 합니다. 마치 제법 그럴싸한 유언비어와도 같습니다.

믿음의 이야기로 들으면 일견 타당해 고개가 끄덕여지고, 현실의 설명으로 들으면 선을 그어야 하는 이유가 바로 여기에 있습니다. 이런 이야기가 군대 주변에서 유독 많이 떠도는 것도 어쩌면 그만큼 군이라는 공간이 사람의 마음에 강한 흔적을 남기기 때문일지도 모르겠습니다.

사랑하는 아들은 오늘 어떤 흔적을 남겼을까요?

12

눈물 박스 포장
아들을 보내고 나서야 알게 된 어머니의 마음
입대 13일 차 | 2025년 11월 29일 (토) | D-20

〈아들의 시간〉

2주 차 주말이다!

오늘은 뭐 딱히 한 게 없어서 저녁에 몰아서 쓴다.

아침 먹고 새 전투복 완전 복장으로 소대 단체 사진과 개인 증명사진 찍었다.

헌혈도 진행했는데, 나는 군대 오기 일주일 전에 삿포로로 갔다 와서 헌혈 못 했다. ㅋㅋ

호실로 복귀해서 휴식 좀 취하다 보니 간식으로 초코파이 5개씩 나눠줬다.

이런 거에 기분이 좋은 내가 신기했다. ㅋㅋ

바로 하나 까서 먹었다.

핸드폰도 받아서 가족이랑 짝지한테 전화도 했다.

오늘은 폰을 좀 늦게 받았다.

엄마 아빠는 다 알고 있었다. ㅋㅋㅋ

편지랑 사회에서 들고 온 짐 택배 박스에 싸서 보냈다.

점호도 하고 샤워도 했다.

나머지는 다 호실 원들이랑 떠들었다.

자야지.

※ 눈물 박스: 눈물박스는 입대한 장병이 훈련소에 가지고 온 모든 개인 소지품을 담아 부모님께 보내는 택배 박스를 말합니다. 이 박스가 '눈물 박스'라 불리는 이유는 박스를 받는 순간 비로소 입대가 현실로 다가와 부모님들이 눈물을 흘리는 경우가 많기 때문이죠. 박스 안의 물품은 아들이 입던 옷과 물건 몇 가지에 불과하지만, 그 안에는 집을 떠나 이제는 정말 군인이 된 아들의 흔적이 고스란히 담겨 있습니다. 옷 가지를 손에 들고 눈물을 흘리며 사랑하는 아들의 체취를 맡아보는 부모님들도 있습니다.

※ 훈련소 헌혈: 입영 초기 일정 중에 장병들에게 자발적 참여 형태로 안내되는 단체 헌혈을 말합니다. 의무 사항은 아니고, 건강 상태와 본인

의사가 가장 우선됩니다. 그래서 훈련소 헌혈은 힘든 훈련 중 추가 부담이라기보다는 군인이 되어 처음으로 선택하게 되는 '작은 사회적 책임' 정도로 이해하는 게 좋습니다.

〈아버지의 시간〉

세월이 야속하게도 어느새 이렇게나 나이를 드신 어머니께 한날 여쭤봤습니다.

"엄마는 내가 훈련소에서 보낸 택배 박스 받아 보니까 어떻데?"

"아이고야. 말도 마라. 입대하는 날 같이 가지도 못하게 하지. 니는 동래역에서 선배랑 둘이서 입영 버스 타고 떠나는데, 얼마나 속상했는지 아나? 택배 받았을 때도 어찌나 속이 상하던지 억수로 울었지. 세상에 그런 법이 어디 있노? 최소한 입대하는 날은 같이 가야지."

함께 가는 건 문제가 아니지만, 부산에서 논산까지 따라나섰다가 혼자서 돌아오실 어머니를 생각하니 차마 함께 가자고 입이 안 떨어지더군요. 집으로 돌아오시는 차 안에서 얼마나 눈물을 흘리실지 안 봐도 뻔히 보이니까요. 차라리 몸이라도 덜 고생하시고 집에서 눈물 흘리시는 게 낫다고 생각했습니다. 돌아오는 길의 차창 밖을 바라보며 '이 길이 우리 아들 군대를 보낸 길이구나' 생각하시며 얼마나 많은 생각을 하시고, 속상해하실지 생각하니 차라리 혼자 가는 게 낫겠다는 생각이 들었습니다.

예비역들은 다들 그 시절 입대한 날이 생각나시나요?

입대하는 날 논산 훈련소 앞은 그야말로 아수라장을 연상케 합니다. 고무링부터 온갖 물건을 파는 장사꾼들과 이발소, 식당 등 입대 장병들과 가족들로 인해 인산인해를 이룹니다. 저는 논산 훈련소 앞에서 머리를 빡빡 깎고, 짜장면 한 그릇 먹고 부대 내로 들어갔습니다. 함께 가 준 대학 동아리 선배가 손을 흔들며 배웅을 해 줬습니다.

아직도 연락하며 지내는 고마운 인연입니다.

그때 먹었던 그 짜장면이 기억에 남습니다.

평소에 먹던 짜장면과 똑같은데, 그날따라 유난히 맛있더군요. 아니, 맛있다기보다는 뭔가 애틋했습니다. '이게 사회에서 먹는 마지막 짜장면이구나' 싶은 생각이 들었거든요. 물론 훈련소 수료하고 나면 또 먹을 수 있지만 그때는 당분간 이런 음식은 못 먹겠구나 싶었습니다.

선배는 제 머리를 쓰다듬으며 말했습니다.

"야, 빡빡이 잘 어울린다. 나는 최전방에서 근무했어. 별것도 아니니 건강하게 잘 다녀와라."

"네, 형. 고맙습니다."

그 말을 끝으로 저는 훈련소 정문으로 들어갔습니다. 뒤돌아보니 선배가 여전히 서서 손을 흔들고 있더군요. 저도 한 번 크게 손을 흔들고는 돌아서서 걸어갔습니다. 끌려가는 처지였지만 대한민국 남자라면 누구나 다 가는 군대인지라 마음도 담담했고, 딱히 눈물도 안 나더군요. 그 순간부터는 더 이상 대학생도 사회인도 아니었습니다. 비로소 군인이 되는 순간이었죠.

훈련소에 들어가면 가장 먼저 하는 게 소지품 검사입니다.

조교들이 가방을 뒤져 가며 반입 금지 품목을 찾아냅니다. 칼, 라이터, 전자기기, 음식물 등 온갖 것들이 적발됩니다. 누군가는 몰래 숨겨 온 담배가 걸려서 혼나기도 하고, 누군가는 초콜릿을 숨겨 왔다가 압수당하기도 합니다. 저는 빈손으로 갔기에 다행히 별문제 없이 통과했지만, 옆에서 한 친구가 곤란해하는 모습이 보였습니다.

조교가 그 친구 가방에서 뭔가를 꺼내 들더니 물었습니다.
"야. 이게 뭐냐?"
"… 부적입니다."
"부적?"
"어머니가 넣어 주셨습니다. 무사히 군 생활 마치고 오라고요."
조교는 잠시 그 부적을 물끄러미 바라보더니 다시 가방에 넣어 주며 말했습니다.

"어머니 정성이니까 가져가라. 대신 다른 애들한테 보여 주지 말고. 들키지 말고."
"감사합니다!"
그 순간 저는 조교도 사람이구나 하는 생각을 했습니다. 무섭고 엄격하기만 한 줄 알았는데, 그들도 누군가의 아들이고, 누군가에게는 형이나 동생이었던 거죠. 하지만 이미 저에게 들켰습니다.

그리고 세월이 흘러 지금 제 아들이 군대에 있습니다.
아들이 입대하는 날 저는 어머니와 아내, 그리고 딸과 함께 진주로 향했습니다. 공군 사령부가 있는 곳이죠. 차 안 분위기는 묘했습니다. 어머니는 제가 입대한 날이 생각나셨는지 창밖을 내다보시며 말 없이 계셨고, 아내는 계속 아들에게 이것저것 챙기라고 말했습니다.

"핸드폰은 챙겼지? 충전기는?"
"응. 다 챙겼어요."
"그래도 혹시 모르니까."
아내의 목소리가 점점 작아졌습니다. 아들도 알고 있었을 테지요. 엄마가 지금 얼마나 불안해하는지를요. 딸아이는 뒷좌석에 앉아 있 었지만, 평소보다 말이 없었습니다. 오빠가 군대에 간다는 게 실감이 안 나는 모양이었습니다.

저는 운전대를 잡고 생각했습니다.
'30년 전, 내가 입대하던 날 우리 엄마가 이런 마음이었을까?'

그제야 조금은 깨달았습니다. 어머니가 나를 떠나보내는 날 버스 정류장에서 왜 그렇게 우셨는지를요. 아들을 군대에 보낸다는 게 얼 마나 마음 아픈 일인지를요.

잠시 함께 있는 시간이 지나고 아들은 연병장으로 걸어 들어갔습 니다.
우리는 점점 멀어지는 아들의 뒷모습을 물끄러미 바라봤습니다. 저는 문득 30년 전 제가 논산 훈련소로 걸어 들어가던 그 순간이 떠올랐습니다. 그때 선배가 이런 마음이었을까요? 버스 정류장에서 아들이 떠나는 버스를 바라보며 눈물을 훔치시던 어머니가 이런 마음이었을까요? 버스 안에서 담담한 마음으로 바라보며 손을 흔드는 저를 보며 어머니는 어떤 기분이 들었을까요?

아들이 한 번 뒤돌아보며 손을 흔들었습니다. 우리도 손을 흔들었습니다. 어머니와 아내는 눈물을 닦으며 하염없이 손을 흔들었습니다. 모든 아들들이 연병장에서 부모님을 향해 큰절을 올리는데, 순간 울컥하더군요. 그리고 잠시 후 아들은 동기들과 함께 건물 뒤편으로 사라졌습니다. 비로소 내 자식이 나라의 자식이 되는 순간이었습니다.

돌아오는 차 안은 너무나 조용했습니다. 어머니는 계속 창밖을 보시며 눈물을 닦으셨습니다. 아내도 말이 없었습니다. 딸은 가끔 저를 쳐다보며 말을 걸려다가 그만뒀습니다. 저는 운전대를 잡고 생각했습니다.
'이 길이 우리 아들 군대를 보낸 길이구나.'

30년 전 어머니가 느끼셨던 그 마음이 이제야 조금 이해가 되더군요. 부산에 도착해서 어머니를 모셔다드리고, 아내와 딸과 집으로 돌아왔습니다. 집이 너무 조용했습니다. 아들 방문을 열어 보니 깨끗하게 정리되어 있었습니다. 책상 위에는 쪽지가 하나 놓여 있었습니다.

'아빠, 엄마, 잘 다녀올게요. 걱정하지 마세요. 사랑합니다.'

어머니가 입대하는 날 같이 가지 못한 게 그렇게 서운하셨다니 지금 생각해도 미안합니다. 그리고 사랑합니다.

13

두 번째 종교행사 | 농담이 현실이 되는 전장의 역설
입대 14일 차 | 2025년 11월 30일 (일) | D-19

〈아들의 시간〉

오늘은 종교 참석 안 했다.

그냥 생활관에서 호실 원들이랑 이야기하고 제식 체조 연습했다.

형들이랑 진로 관련 이야기도 했다.

25살 형 한 명이 손해사정사 친구가 있다고 했다.

초봉이 6천이고 전문직이란다.

블루오션이라던데 나중에 한번 찾아봐야겠다.

적금 가입 진행했다.

국민 30만 원, IBK 기업 25만 원 넣었다.

핸드폰 받아서 엄마 아빠랑 할아버지 할머니 짝지랑 전화했다.
한 시간 너무 적다.

오늘은 호실에서 그냥 앉아서 쉬었다.
그래서 쓸 게 별로 없다.

아. 초코파이 오늘까지 다 처리하래서 2개 남은 거 잘 꽁쳐뒀다.
샤워도 했다 점호도 했다.
자야지.

※ 첫 종교 활동을 다녀오더니 두 번째 종교 활동부터는 가지 않고 내무반
   에서 쉬는 게 더 낫다고 합니다. 평소에 당 충전이 충분히 되어서 그런
   지 예전처럼 초코파이 신을 만나러 종교 활동에 가고 싶지 않은 모양입
   니다.

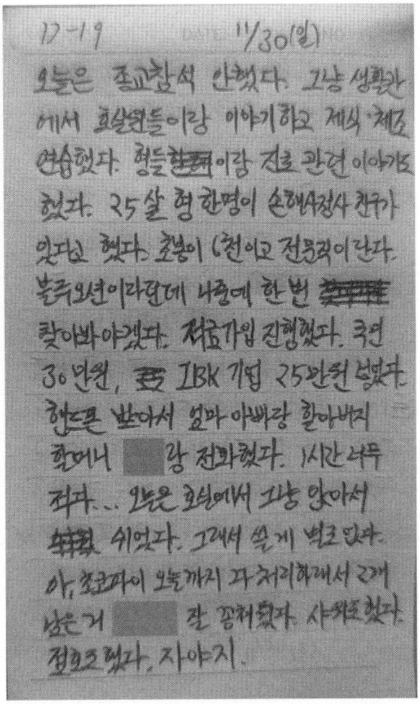

<아버지의 시간>

혹시 방위병 친구를 뒀거나 본인이 방위병 출신인 분들도 있을 겁니다.

방위병은 1969년부터 1994년까지 존재했던 전환, 대체복무제도입니다. 1995년부터 상근예비역과 사회복무요원이 새로 도입되며 폐지되었습니다. 방위병으로 근무하던 친구들에게 군대도 안 가냐고 놀리면서도 한편으로는 참 부러웠습니다. 그보다 더해 군 면제를 받은 친구들은 조상 3대가 덕을 지었다며 '신의 아들'로 불리며 모든 친구의 부러움의 대상이었죠.

예전에는 한편으로 방위가 부럽고, 한편으로는 풍자하는 의미로 방위에 대한 유머가 떠돌았습니다. 방위를 UDT(우리 동네 특공대)라고 불렀는데, 방위 개그가 한창 유행하던 시절 최불암 시리즈와 함께 방위 개그의 대표주자로 자리 잡은 표현이었습니다. 북한 인민무력부가 '서울 시내를 누비는 도시락 부대의 정체를 파악할 수 없다'며 남침 계획을 보류했다는 우스갯소리도 있습니다. 방위 전설은 지금도 예전 세대의 술자리서 안줏거리로 나오고 있습니다.

참고로 방위병들은 특수부대만 입는 얼룩무늬 개구리 군복을 입고, 장교급 출퇴근을 하였습니다. 도시락 가방 속에는 늘 중요 서류가 들어 있었고, 주말에는 민간인 복장으로 휴식을 취합니다. 딱 하나, 조심해야 할 것은 위병소 앞에서만 군기가 바짝 든 모습을 보여주면 됩니다. 이 모든 모습이 북한 인민무력부의 정보 보고서에 담겨 김일성에게 전달됐다고 하는 소식이 전해지고 있습니다.

[방위의 임무]
하나. 전쟁이 발발했을 때, 군인들이 적과 열심히 싸우고 있는 동안 방위는 적진의 동사무소를 점령한다.

둘. 방위는 도시락통을 싸 들고 산꼭대기에 올라가 도시락통을 시끄럽게 흔들어 적의 레이더망을 교란한다.

셋. 방위는 아무리 전쟁이 치열해도 아침 9시에 출근해서 오후 5시에 퇴근한다.

넷. 적이 국군의 보급 체계를 파악하지 못하도록 PX 물건을 자주 바꿔 적의 정보 수집을 혼란하게 만든다.

다섯. 군복을 벗으면 민간인과 구분되지 않는 방위는 포마드를 바르고 적의 여군을 유혹해 전투의지를 붕괴시킨다.

여섯. 뒷동산에 올라가 보온 도시락에서 뜨거운 밥을 꺼내 하늘로 던져 적의 열추적 미사일을 교란한다.

일곱. 국군을 따라다니며 낙엽이나 흙먼지를 빗자루로 쓸어 아군의 침투 흔적을 제거한다.

여덟. 방위는 일부러 적의 포로가 되어 적의 식량을 축낸다.

그런데 이 황당한 농담이 30년 뒤 먼 타국 땅에서 '전략'이 되어 나타날 줄은 꿈에도 몰랐습니다.

지금도 전쟁이 벌어지고 있는 2026년의 러시아와 우크라이나에서 러시아군 포로가 너무 많이 잡혀서 우크라이나군의 식량 조달과 이동에 큰 문제가 발생하고 있다고 합니다. 농담으로 말하던 방위의 임무가 실제 그곳에서 일어나다니 깜짝 놀랄 일입니다. 일부 포로는 군사훈련으로 착각하거나 우크라이나 침공의 목적이나 위치를 제대로 인지하지 못한 채 끌려온 경우가 많다고 합니다. 군대에 끌려간 징집병은 명목도 없는 전쟁에서 살아남고 싶으니 기꺼이 우크라이나군에게 항복하겠죠.

혹시 알고 보면 그들은 러시아 방위병이 아닐까요?

※ 이 글은 결코 방위병이나 군 면제인 분들을 비하할 목적으로 작성된 글이 아닙니다. 특정 보직을 낮춰 보려는 의도라기보다 군 복무 제도의 차이에서 생긴 그 당시의 시대적 농담과 풍자에 가까운 글로 항간에 떠도는 유머를 재구성한 것입니다.

※ 전쟁이라는 비극의 무대 위에는 각자의 배역이 정해져 있는 듯합니다. 정치인은 전쟁을 선포하고, 사업가는 무기를 팔아 돈을 법니다. 종교인은 승리를 빌어 주는 기도를 하고, 부모들은 자신의 가장 소중한 자식을 전쟁터로 보냅니다.
전쟁이 끝나면 정치인은 악수하며 평화를 논하고, 사업가는 폐허가 된 곳을 복구하며 더 많은 돈을 법니다. 종교인은 떠난 영혼들을 위해 추

모의 노래를 부르고, 부모들은 자식의 무덤을 찾아가 소리 없이 오열합
니다.

14

제식, 도수체조 평가 | 해병대와의 동거
입대 15일 차 | 2025년 12월 01일 (월) | D-18

〈아들의 시간〉

3주차 아침이 밝았다.

12/1

벌써 12월이다.

새벽에 약간의 소동이 있었다.

어제저녁 22시에 취침했는데, 00시에 깼다.

갑자기 소방 사이렌이 울려서 시끄러워서 깼는데, 건물에서 사람들이 다 점호장으로 나가라고 소리쳤다.

너무 급박해 보이길래 나도 서둘러 나갔다.

거짓말 안 치고 2분 만에 점호장에 중대 모든 인원이 집합했다.

다행히 불 난 건 아니고 오작동이란다.

점호장에 30분 정도 서 있다가 다시 호실로 복귀해서 잤다.

별일이 다 생긴다...

오전엔 총기제식, 제식, 도수체조 연습을 하고 밥 먹고 오후에 평가를 봤다.

아쉽게 도수체조 한 동작 틀려서 아마도 1점 감점당한 것 같다.

총 잘 쏴야겠다. ㅋㅋ

그래도 뭐... 선방...

아 어찌 됐든 오늘 힘든 일과는 끝났다.

어제에 이어 심심해서 바둑뒀다.

종이에 바둑판 그려서 뒀다. ㅋㅋ

야간에는 계속 대기하다가 점호하고 샤워하고 청소도 했다.

자야지.

※ 감점받지 않으려면 시간 날 때마다 총기제식, 제식, 도수체조 연습을
   꾸준히 해야겠습니다.

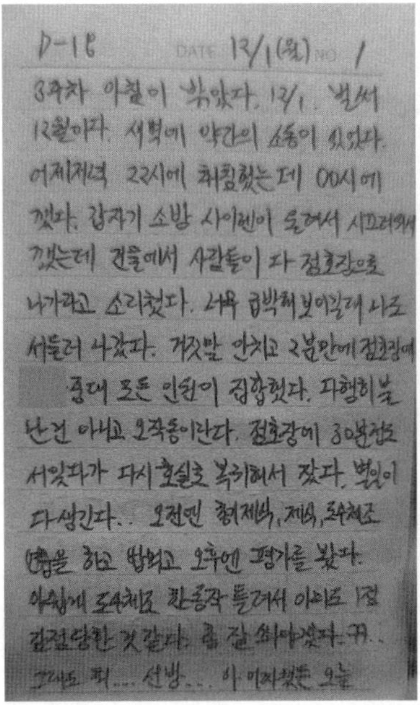

〈아버지의 시간〉

공군 기훈단 생활을 시작한 지도 어느덧 3주 차가 시작되었습니다.
이제 군 생활이 조금씩 적응되고 있겠네요.

군대에서는 언제나 예상치 못한 일이 벌어집니다.

한밤중에 갑자기 사이렌이 울리고, 비상 집합이 걸리고, 훈련인지
실전인지 모를 상황이 펼쳐지는 게 군대입니다. 30년 전 제가 군 생활

116

할 때도 그랬습니다.

제가 후반기 특기 교육을 받았던 경기도 성남 육군종합행정학교는 행정 및 특수병과 장병들의 교육을 하기 위한 군 교육기관으로 남한 산성의 첫 글자와 끝 글자를 따 일명 '남성대(南城臺)'라고 불리기도 합니다. 그곳에는 저희와 함께 생활하는 악마 구대장이 있었습니다. 늘 까만색 흑복을 입고, 날카로운 눈매로 훈련병들을 쳐다보며 낮은 목소리로 군기를 잡던 살벌한 카리스마를 뽐내는 인물이었습니다. 외모는 신병 드라마에 나오는 악마 고참 강찬석 상병을 닮았는데, 훨씬 더 살벌하게 생겼습니다. 무슨 이유에서인지 몰라도 매일 젓가락과 칼 던지는 연습을 하더군요. 그것들이 나무에 꽂힐 때마다 동기들과 '우와!~'를 연발했고, 그때만큼은 구대장도 기분이 좋아서 옅은 미소를 짓던 기억이 납니다.

논산 훈련소에서는 새벽 기상 집합이 없었는데, 후반기 교육을 받을 때는 '불시 기상'이 있었습니다. 논산 훈련소에서부터 헌병 후반기 교육에 대한 명성을 자자하게 들었던지라 바짝 긴장하고 있었죠. 힘들기로 치자면 몸을 굴리는 공병이나 박격포가 더 힘들 수 있겠지만 군기를 엄하게 잡는 건 이쪽도 만만치 않습니다. 헌병 후반기 교육에서 훈련병들을 더 힘들게 잡는 이유는 다음과 같습니다.

보통 육군, 해군, 해병대가 함께 헌병 후반기 교육을 받습니다.

모두가 아시다시피 해병대 신병 교육은 힘들기로 정평 나 있습니다. 특히 고무보트와 함께하는 상륙기초훈련(IBS)과 극기 주가 힘들다고 하는 건 워낙 많이 들어서 타군도 익히 알고 있습니다. 해병대 신병 교육의 마지막 주간인 극기 주는 행군, 야간 훈련, 숙영, 전술 훈련이 연속으로 이어집니다. 잠은 줄고, 휴식은 짧으며, 몸은 늘 피곤한 상태죠. 극기 주는 새로운 훈련이 힘든 게 아니라 피로가 쌓인 상태에서 버텨 내는 게 힘든 시간으로 기억되곤 합니다.

자. 그럼 구대장은 그런 해병대를 잡아야 합니다.

해군도 해군이지만 특히 해병대가 육군을 우습게 보지 못하도록 헌병 후반기 교육은 그야말로 해병대 군기 빰치게 혹독하게 이루어집니다. 괜히 해병대 때문에 육군이 죽을 지경입니다. 걸을 때는 항상 직각 보행하고, 식당에 들어가기 전에도 직각 보행이 틀리면 처음부터 다시 시작해야 합니다. 특히 해병대와 해군 동기들에게 우습게 보이지 않기 위해서 서로 불꽃 튀는 눈싸움도 하고 처음에는 몸싸움과 시비도 종종 붙습니다. 물론 그것도 1주 차가 지나면 조금 풀어져 다들 친하게 지냅니다. 하지만 처음 후반기 교육을 시작할 때는 타군들이 함께 생활하니 내무반에서조차 긴장감이 팽팽하게 이어집니다. 기싸움을 하는 거죠.

처음에는 헌병 후반기 교육이 원래 군기가 센 곳인가 보다 생각했는데, 시간이 조금 지나고 보니 타군들 때문에 일부러 더 그랬던 것 같습니다.

어느 날, 가장 깊은 잠을 자는 시간인 새벽 3시쯤 되었을 겁니다.
곤히 자고 있는데 갑자기 사이렌 소리가 울리며 벼락같은 고함이
들립니다.
"전원 기상! 이 xx들 빨리 안 일어나? 당장 전투복 환복하고 연병장
으로 모인다. 실시."

정신없이 일어나 전투복으로 갈아입고 밖으로 뛰쳐나갑니다. 무슨
일인지도 모른 채 일단 움직입니다. 군대에서는 생각하기 전에 몸이
먼저 반응해야 하니까요.

연병장에 모이니 구대장이 시계를 보며 말합니다.
"왜 이렇게 느려! 군기가 빠져서 다들 정신이 없지? 축구 골대까지
선착순 5명. 뛰어."
구대장은 아무리 빨리 나와도 늦었다고 할 게 틀림없습니다.

하!~~~ 자다가 일어나 새벽에 선착순이라니…
선착순 이야기도 한 보따리라 다음에 따로 풀겠습니다. 군대에서
제일 힘들고, 하기 싫은 짓이 바로 '선착순'입니다.

몇 차례 선착순을 하고 난 뒤 숨을 헐떡이며 구대 앞에 도열해 있습

니다.

3월의 겨울 새벽 공기는 차갑고, 급하게 입은 전투복은 단추도 제대로 안 채워져 있습니다. 그렇게 도열하고 있으면 물을 뿌립니다. 군기가 바짝 들라는 의미와 정신 차리라는 의미겠죠. 말로만 듣던 불시 기상을 하고 보니 왜 그렇게 악명높았나 싶습니다. 짜증이 나기보다는 긴장과 두려움으로 정신이 하나도 없었습니다.

엄한 해병대 애들을 향해서 구시렁거립니다.

"저 xx들 때문에 우리까지…"

해병대 군기 잡다가 육군이 죽을 지경입니다. 이러다 후반기 교육 수료할 수 있을까요?

"우리는 IBS도 안 하고 극기 주도 안 했는데 xx… 힘들어 죽겠네…"

그렇게 한참을 있다가 다시 내무반으로 돌아갑니다.

"빨리 튀어들어 가서 환복하고 취침한다. 실시."

그 푸닥거리를 하고 난 뒤에 과연 잠이 올까요?

네. 옵니다.

그것도 아주 잘 옵니다. 언제 그랬냐는 듯이 꿀잠을 잡니다.

다음 날 아침에 지난밤 야간 외곽 근무를 나간 동기들에게 그 사건을 이야기해 주니 그 친구들은 키득거리며 웃음을 참지 못합니다.

"와!~ 근무·나가기 잘했네. 뺑이쳤네. 고생했다… ㅋㅋㅋ"

내가 힘든 것보다 남이 더 힘든 걸 보고 위로를 얻는 곳이 바로 군대입니다. 나만 힘든 게 아니라 동기들 모두가 힘드니까요. 아마 그래서 모두 견딜 수 있고, 무사히 수료를 할 수 있는 건지도 모르겠습니다. 그때 해병대 동기들은 모두 잘살고 있겠죠?

우리 아들도 이제 그런 경험을 하고 있나 봅니다.
한밤중 소방 사이렌 소리에 2분 만에 점호장에 집합했다니 꽤 빨리 적응했네요. 나중에 물어보니 불시 훈련 상황은 아니었다고 합니다. 하지만 언제든 돌발사태가 일어날 수 있는 군대 특성상 군인들의 경각심을 불러일으키기 위해 소방 사이렌 오작동을 핑계로 매 기수마다 소방 훈련을 하는 것도 좋은 방법이라는 생각이 드네요.

3주 차가 시작됐습니다.
벌써 12월이라고 하네요.
시간이 참 빠릅니다.
이제 5주가 금방 지나갈 겁니다.

15

사격술 훈련 | 인생의 영점을 잡는 법
입대 16일 차 | 2025년 12월 02일 (화) | D-17

〈아들의 시간〉

아침 뜀걸음하고 아침 먹었다.

오전에는 사격술 훈련이 있어서 입영식 했던 대운동장으로 갔다.

진짜 너무너무너무 추웠는데, 해가 뜬 후로는 조금 괜찮아졌다.

쪼그려 쏴 자세와 엎드려 쏴 자세를 배웠다.

둘 다 할만했다.

덕분에 2시간 넘게 모랫바닥에서 뒹굴었다.

오늘 아침부터 목젖 부근이 부어서 따가웠는데, 저녁 되니까 더 심해진 것 같다.

중간에 종합 감기약도 먹었는데, 별로 나아지진 않았다.

오후 학과도 사격술로 사격장 행동 요령과 크리크 영점조절을 배웠다.

하루 종일 단독군장 상태로 있으니까 너무 진이 빠진다...

저녁 먹고 간단한 심리검사 하나 했다.

쉬다가 점호하고 샤워했다.

자야지.

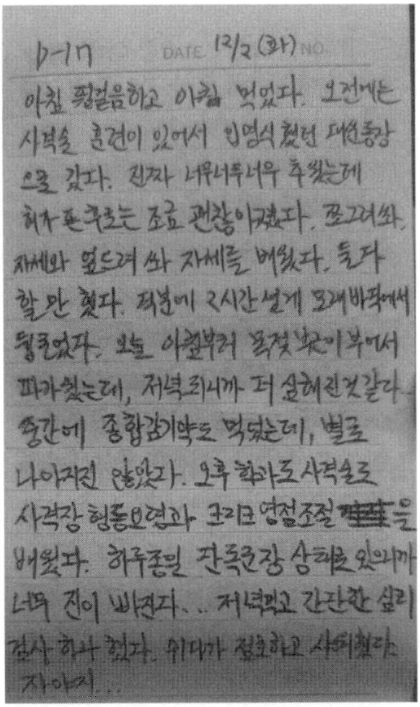

<아버지의 시간>

아들의 일기 끝머리에 적힌 '목젖이 부어 따갑다'는 글에 자꾸만 마음이 쓰입니다.

찬 바람 몰아치는 운동장 모랫바닥에서 두 시간 넘게 뒹굴었으니 들이마신 흙먼지와 겨울 공기가 목에 생채기를 냈을 법도 합니다. 사회에서라면 따뜻한 차 한 잔 마시고 푹 쉬면 그만일 감기도 훈련소라는 담장 안에서는 세상에서 가장 지독한 병이 됩니다.

30년 전이나 지금이나 군대 감기는 참 독합니다. 훈련병 시절, 저도 목이 붓고 열이 나던 밤이 있었습니다. 의무실에 가봐야 받는 건 그저 알약 몇 알뿐이고, 아프다고 훈련을 빠지면 동기들에게 미안한 마음이 앞서 억지로 단독군장을 꾸리던 기억이 납니다. 그때 먹었던 감기약은 왜 그리도 쓰고 목구멍을 넘기기 힘들었는지 모릅니다.

군대에서 아프면 몸보다 마음이 먼저 서러워집니다. 아침 점호 시간에 구령 소리 사이로 터져 나오는 기침을 참으며 '나는 누구? 지금 여긴 어디?' 싶은 생각이 들기도 하지요.

자대 배치를 받은 후 어느 날 뻗치고 근무를 서다가 세상이 빙글 돌더니 그대로 쓰러졌습니다. 국군대전병원으로 후송되어서 갔고, 판명된 병명은 '철 결핍성 빈혈'이었습니다. 병원 환자복을 입고 보낸 시간은 기묘했습니다. 부대 밖 세상과 연결된 공중 전화기 앞에서 늘 고민했죠. 집에 전화를 걸어 수화기 너머 어머니의 목소리가 들리면 목소리를 가다듬었습니다. 부대에서 아주 잘 생활하고 있고, 밥도 잘 먹고, 별일 없이 지내고 있다고 말했습니다. 차마 병원 침대에 누워 있다고 말할 수가 없더군요. 걱정하실 어머니의 얼굴이 눈에 선해 거짓 안부를 전하며 저는 전화기 다이얼을 매만졌습니다.

하지만 퇴원 후 부대로 복귀해 훗날 어머니께 사실대로 말씀드렸을 때, 그제야 어머니도 그동안 느낌이 이상했다고 말씀하시더군요. "안 그래도 그때 목소리가 평소랑 다르더라. 어디 아픈가 싶어서 엄마가 매일 밤잠을 설쳤다." 엄마의 촉은 정말 무섭도록 정확했습니다. 병원의 높은 담장도, 수백 킬로미터의 거리도 자식을 향한 어머니의 안테나를 막지는 못했던 모양입니다. 그 이전에도, 그 이후로도 인생의 큰 굴곡이 생길 때마다 어머니는 귀신처럼 제 안부를 물어오셨습니다. 보이지 않는 탯줄이 여전히 우리를 하나로 연결하고 있다는 느낌이 들었습니다.

아들은 이날 영점조절을 배웠다고 하네요. 멀어서 잘 보이지도 않는 표적을 맞히기 위해 가늠쇠를 미세하게 돌리는 그 작업은 우리네 인생과 참 닮아 있습니다. 가끔은 삶의 방향이 어긋나기도 하고, 오늘 아들의 목감기처럼 예상치 못한 고통이 찾아와 우리를 흔들기도 합니다. 하지만 그럴 때마다 훈련소에서 배운 영점조절처럼 자신을 다독이며 영점조절을 하며 다시 마음의 중심을 잡는 법을 배워야 할 겁니다.

　오늘 밤, 아들이 잠든 내무반의 공기가 부디 너무 차지 않았으면 좋겠습니다. 목이 아파 자다 깨지 말고, 그저 모랫바닥에서의 고단함을 잊을 만큼 깊은 잠이 들길 빌어 봅니다. 약기운에라도 푹 자고 나면 내일 아침엔 부디 그 목의 통증이 한결 가벼워져 있기를 바랍니다. 그리고 아들이 전하는 무사하다는 말 뒤에 숨겨진 미세한 신음까지도 아빠는 다 듣고 있다는 것을 전해 주고 싶습니다. 저희 어머니가 그랬던 것처럼 말이죠.

16

영점 사격 | 총성은 짧고, 탄피 수거는 길다
입대 17일 차 | 2025년 12월 03일 (수) | D-16

〈아들의 시간〉

2시부터 3시 불침번 섰다.

와... 오늘 사격이랑 전뜀 있는데...

아무튼 불침번 서고 다시 잤다.

와. 일어났는데, 목이 진짜 개~아프다.

오늘은 전뜀이 있어서 아침 뜀걸음은 안 했다.

오전에는 화생방 교육을 들었다.

방독면 케이스 매는 법과 방독면 착용법을 배웠다.

점심 먹고 단독군장으로 사격장으로 영점사격하러 갔다.

긴장이 됐다.

먼저 사격하는 소리를 듣고 먼지 날리는 걸 보고 화약 냄새를 맡으니까 진짜 총을 쏜다는 게 실감이 됐다.

영점 사격 2발 맞췄다... 헤헤...

헬멧이 계속 내려와서 한 발 쏘고 올리고 하느라 잘 못 쏜 것 같다...ㅠㅠ

사격 끝나고 호실 돌아와서 화장실만 갔다가 바로 3차 전투 뜀걸음 하러 갔다.

3차 전뜀은 전투복 단독군장으로 2km를 뛴다.

총기도 매고 뛰었다.

진짜 컨디션이 별로였지만 끝까지 완주했다.

저녁밥은 진짜 꿀맛이었다.

오늘이 체력적으로 제일 힘들었던 것 같다...

밥 먹고 호실 복귀해서 쉬다가 〈공군 핵심 가치〉 교육 듣는 중이다.

들었다.

점호도 했다.

그래도 오늘이 드디어 훈련소 50%를 지나는 날이다.

몸이 빨리 회복되었으면 좋겠다.

청소하고 샤워도 했다.

자야지.

※ 영점 사격: 본 사격 전 총의 조준점과 실제 탄착 지점을 일치시키는 기초 단계입니다. 사람마다 시력이 다르고 총기마다 미세한 오차가 있어 가늠자·가늠쇠를 조절해 기준점을 잡는 과정입니다. 중요한 것은 탄착군(총알이 모인 지점)을 형성하는 것입니다. 표적지 중앙에서 벗어나더라도 한곳에 일정하게 모여 있다면, 장치 조절을 통해 실사격에서 정중앙을 맞힐 수 있습니다.

〈아버지의 시간〉

군대에서 사격만큼 긴장되는 훈련도 없습니다. 수류탄 투척 훈련과 함께 가장 긴장되는 순간이죠. 실탄을 장전하고 방아쇠를 당기는 그 순간, 비로소 내가 군인이라는 걸 실감합니다. 훈련소에서 배운 모든 것들이 이 순간을 위한 준비였다는 걸 깨닫게 되죠.

논산 훈련소에서 처음 사격장에 갔을 때가 기억납니다.
사격장까지 가는 길은 멀었고, 총을 메고 걷는 게 생각보다 힘들었습니다. 하지만 긴장감 때문인지 피곤한 줄도 몰랐습니다. 사격장에 도착하니 앞선 중대가 이미 사격을 하고 있었습니다. 탕탕탕! 총소리가 울려 퍼지고, 먼지가 피어오르고, 화약 냄새가 코를 찔렀습니다. 그때 비로소 '아, 진짜 총을 쏘는구나' 싶었습니다.

조교가 사격 자세를 잡아 주며 말합니다.
"야. 긴장하지 마. 호흡 가다듬고, 가늠쇠 가늠자 정확히 맞추고, 천천히 방아쇠 당겨."

말은 쉽습니다. 하지만 막상 총을 들고 엎드리니 손이 떨렸습니다. 첫 발을 쏘는 순간의 긴장감이란 이루 말할 수 없습니다.
'탕!!!'
총성과 함께 어깨에 반동이 전해집니다. 생각보다 강한 충격에 깜짝 놀랐습니다. 귀가 멍해지고, 심장이 쿵쾅거렸습니다. 그리고 조교가 소리칩니다.

"명중! 다음 발 장전!"

그렇게 영점 사격을 마치고 나니 조교가 말합니다.

"탄피 확인! 절대 잃어버리면 안 된다. 알겠나?"

"예! 알겠습니다!"

탄피는 총알을 쏘고 나면 배출되는 빈 껍데기입니다.

이게 왜 중요하냐고요? 군대에서 탄피 하나 잃어버리면 그야말로 난리가 납니다. 사격이 끝나고 탄피 수거를 할 때였습니다. 옆 사수 한 명이 갑자기 얼굴이 새하얘졌습니다.

"조교님, 탄피가… 하나 없습니다."

그 순간 사격장 분위기가 싸늘하게 식었습니다.

"뭐? 탄피를 잃어버렸어?"

조교의 목소리가 낮아졌습니다. 이게 더 무섭습니다. 고함을 지르는 것보다 낮은 목소리로 조용히 말할 때가 진짜 화난 겁니다.

"전원 집합. 탄피 찾을 때까지 아무도 부대 복귀 못 한다."

그렇게 사격장 바닥을 뒤지기 시작했습니다. 흙바닥을 손으로 긁어가며, 풀숲을 헤치며, 모래를 뒤집어가며 탄피를 찾았습니다. 10분, 20분… 시간이 흘러갔지만, 탄피는 보이지 않았습니다. 점심시간이 훌쩍 지났지만, 모두가 여전히 바닥을 기고 있었습니다.

"야, 제발 좀 찾아라. 배고파 죽겠다." "도대체 누가 잃어버린 거냐."

동기들끼리 투덜거렸지만 소용없습니다. 탄피를 못 찾으면 모두가 꼼짝없이 묶여 있어야 했으니까요. 결국 1시간 가까이 뒤진 끝에 탄피를 찾았습니다. 사격 위치에서 5미터나 떨어진 풀숲에서 발견됐습니다. 총을 쏠 때 탄피가 튕겨 나가면서 그렇게 멀리 날아간 겁니다.

"찾았습니다!"

그 외침에 모두가 환호했습니다. 조교도 안도의 한숨을 쉬었습니다.

"복귀한다. 식당으로 이동."

우리는 허겁지겁 식당으로 달려갔습니다. 식사 시간이 지났지만, 점심이라도 먹을 수 있어서 감사했습니다. 그날 먹은 밥이 그렇게 맛있을 수가 없었습니다.

왜 군대에서 탄피를 그렇게 중요하게 여길까요?

첫째, 탄약 관리 때문입니다. 실탄 몇 발을 받았고, 몇 발을 쏘았고, 탄피가 몇 개 나왔는지 정확히 맞아야 합니다. 하나라도 안 맞으면 탄약이 어디로 갔는지 알 수 없으니까요. 그래서 처음에 탄창을 받으면 "좌상 탄 이상 무.", "우상 탄 이상 무."와 같은 탄 개수 확인을 합니다.

둘째, 안전 문제입니다. 탄피가 없어지면 왜 위험할까요? 탄피 하나는 총알 하나와 같습니다. 숫자가 확실하게 매겨져야 문제가 없습니다. 사격 시 총 10발 중 10발 모두 쐈다고 거짓말하고, 사실은 9발만 쐈다면 실탄이 1발 남게 됩니다. 만약 누군가 그 실탄을 숨겨 놓으면 총기 사고로 이어질 수 있습니다. 그래서 받은 실탄만큼 정확히 사격했다는 것을 확인하기 위해서 탄피 개수가 중요한 일입니다.

셋째, 군기 확립입니다. 탄피 하나도 제대로 관리 못 하면 더 큰 걸 관리할 수 없다는 거죠.

사격의 완성은 표적을 맞히는 것이 아니라 열 발의 탄피를 모두 회수하는 것에 있습니다. 총을 쏘고 나면 즉시 탄피가 어디로 튕겨 나갔는지 확인하고, 바로 주워서 보관해야 합니다.

우리 아들도 이제 사격을 했나 봅니다.
영점 사격 2발 맞췄다는데, 그럴 수 있습니다. 영점 사격이니까요. 헬멧이 내려와서 불편했다고 하는데, 모두가 똑같이 겪는 일입니다. 요령이 없어서 그렇습니다. 방탄모를 살짝 위로 올리고 쏘는 요령을 익히려면 사격을 좀 더 해 봐야 할 겁니다.

그리고 사격하고 나서 바로 전투 뜀걸음을 했다니 힘들었겠습니다.
총까지 메고 2km를 뛰는 건 참 피곤한 일입니다. 컨디션이 별로였다고 하는데도 완주했다니 대견합니다.

사격은 군인의 기본입니다.

총을 잘 쏴야 전투에서 살아남을 수 있으니까요. 하지만 사격보다 더 중요한 건 탄피를 잃어버리지 않는 겁니다. 탄피 하나 때문에 몇 시간을 바닥을 뒤져 본 사람은 압니다. 그게 얼마나 고통스러운 일인지를요.

군인 아들들이 사격할 때는 탄피를 늘 조심하기를 바랍니다.

사격을 다 하고 나면 탄피를 바로 확인해야 합니다. 그게 본인과 동기들을 위하는 길입니다. 요즘은 총에 거치하는 탄피 받이가 있다고 하니 탄피 분실의 우려가 조금 줄어든 것 같습니다.

사랑하는 아들아.

목 아프다고 했는데 잘 견뎌주어 고맙다. 컨디션 관리도 훈련의 일부니 컨디션 관리 잘하기를 바란다. 50%를 지났다니 이제 반 왔구나. 조금만 더 힘내라.

17

화생방 훈련
가스실에서 애국가 4절까지 부르는 법
입대 18일 차 | 2025년 12월 04일 (목) | D-15

〈아들의 시간〉

꿀잠 잤다.

아 어제보다 컨디션이 많이 좋아졌다.

침대 머리 쪽에 수건 물 묻혀서 널어놓고 마스크도 끼고 자서 그런가 보다.

아침 뜀걸음하고 아침 먹었다.

오전에는 2강당에서 이론교육 들었다.

너무 졸렸다.

생활관으로 돌아와서 바로 점심 먹고, 화생방 가스 체험을 하러 갔다.

방독면 쓰는 것과 정화통 빼는 것 연습했다.

1분 안에 방독면 착용해야 한다.

대망의 가스 체험 시간.

소대별로 밖에서 1분 주고 착용한 후, 1분 땡 하고 바로 들어갔다.

처음 딱 들어갔을 때는 가스가 나오고 있는 줄도 몰랐다.

정화통 제거한 후 다시 끼우려는데, 잘 안 끼워져서 가스 조금 마셨는데, 생각보다 참을 만했다.

수통 들어서 꺼내고 정화통 탈부착 한 번 더 한 다음 바로 밖으로 나왔다.

체감상 1분? 정도 한 것 같다.

모든 소대가 가스 체험을 한 후 방독면 안 쓰고 그대로 들어갔다가 나오고 싶은 사람 지원을 받았는데, 거의 100명가량이 손을 들었다.

나는 안 들었다. ㅋ

다들 들어갈 땐 호기롭게 들어갔다가 나올 때는 눈물 콧물 범벅이 되어서 나왔다.

안 하길 잘했다.

가스 체험 마치고 나서 생활관으로 복귀해서 화생방 이론 수업 들었다.

저녁 먹고 19시쯤 희망 특기 조사하러 갔다.

○○○＞○○○＞○○○ 순으로 작성했다.

아 몰랑~

어떻게든 되겠지...

22시 정도에 생활관 복귀해서 점호하고 샤워했다.

우리 호실에 독감 환자 한 명이 나왔다.

몸 관리 잘해야지...

자야겠다.

※ 예전 논산 훈련소에서는 조교가 구석에 쪼그리고 앉아서 프라이팬 위
에 쉴 새 없이 최루가스인 CS 탄을 터트린 걸로 기억합니다. 들어가기
전 밖에서부터 매캐한 냄새가 새어 나오고, 가스실에 들어간 순간부터
는 방독면을 쓰고 있어도 그 냄새가 스며들어오는 것 같았습니다. 앞,
뒷문을 모두 닫아놔서 나가려고 발버둥을 쳐도 나갈 수 없었습니다.
가끔 이성을 잃고 조교를 밀치며 박차고 뛰어나가는 훈련병들이 매 기
수마다 꼭 한두 명씩은 있습니다. 그들은 그 후에 어찌 되었을까요?

※ 화생방 훈련: 화생방 훈련은 전쟁 상황에서 발생할 수 있는 화학·생
물·방사능 위협에 대비하는 생존 훈련입니다. 이름은 무섭지만 화생
방 훈련의 목적은 싸우는 법이 아니라 살아남는 법을 몸에 익히는 것
입니다. 위기 상황에서도 침착하게 행동하도록 만드는 심리·생존 훈
련입니다. 가스실에 들어갔다 나오면 눈물, 콧물, 침 범벅이 되어서 시
간이 지나고 나면 가장 기억에 남는 힘들었던 훈련 중 하나로 기억되

기도 합니다. 공기의 소중함을 이때 비로소 느끼게 됩니다.

〈아버지의 시간〉

드디어 화생방 훈련의 날이 밝았습니다.

화생방은 사격과 함께 신병교육대 최고의 훈련이라 손꼽힙니다. 화생방 훈련은 사회 있을 때부터 그 훈련에 대한 악명이 자자했습니다. 예비역 선배들이 화생방 훈련을 하다가 저승 문턱까지 다녀왔다는 이야기를 살벌하게 풀어놓을 때면, 정말 화생방 때문에 군대 가기 싫다는 생각이 들 정도였으니까요.

가스실에 들어가기 전 훈련병들을 힘들게 굴립니다. 가스실에 들어가서 훈련병들이 숨을 참는 요령을 방지하기 위해서죠. PT 체조를 한참 동안 하다가 숨을 헐떡거리며 훈련병들이 가스실로 들어갑니다. 숨을 참으려고 해도 숨이 차서 참아지지 않습니다. 조교 놈들이 원망스럽습니다. 이럴 줄 미리 알고 있었던 겁니다.

가스실에 들어가자마자 미칠 지경입니다. 숨을 내뱉을 수는 있는데, 들이마실 수가 없습니다. 들어가서 방독면 정화통 분해결합을 할 때입니다. 분명 정화통을 분해할 때는 잘 풀어졌는데, 끼우려니 잘 안 끼워집니다. 물론 난생처음 맡아보는 가스 때문에 정신이 혼미하니 당황해서 그럴 수도 있지만 기본적으로 정화통 자체가 잘 안 끼워집니다. 이 정도면 정화통 나사산에 분명 문제가 있어 보입니다. 국방부는 신속히 대한민국 군인들 방독면의 정화통 나사산을 점검하고 나사산이 문제 있으면 방독면을 교체해 주기를 바랍니다. 나사산만 제대로 되어 있었어도 화생방 훈련 때 가스 10모금은 덜 마셨을 겁니다.

다들 들어서 아시다시피 예비역들은 사소한 훈련에도 온갖 조미료를 쳐가며 포장하는 탁월한 기술이 있습니다. 군대 가기 전에는 안 그러던 사람들도 군대만 다녀오면 그렇게 변하나 봅니다. 화생방은 그중에서 후춧가루와 고춧가루를 아주 팍팍 친 이야기입니다. 예비역들 모두가 본인이 나온 훈련소가 가장 힘들었다고 하고, 본인이 나온 부대는 특수 부대에 버금간다고 합니다. 예비역들의 말을 듣고 있자면 우리나라 전투력이 세계 최강인 게 틀림없습니다. 특수 부대가 아닌 부대가 없으니까요. 장교나 부사관을 제외한 일반 병들이 공수훈련받는 경우는 거의 없지만 휴가 나올 때 보면 너도나도 가슴팍에 공수 마크를 달고 있습니다. 우리나라에 이렇게 많은 공수부대가 있었던가요? 괜히 대한민국 국방력에 자부심이 생깁니다.

총알을 피했다는 사람도 있고, 탄피가 튀었는데, 그걸 이빨로 받아냈다는 사람도 있습니다. 최전방에 근무했던 예비역들은 모두가 북한군을 만났다고 합니다. 영화 공동경비구역 JSA가 사람 다 망쳐놨습니다. 그중 하이라이트는 훈련 중 수류탄이 옆에 굴러떨어졌는데, 본인이 몸을 덮쳐 수류탄을 막아 내 전 소대원들을 다 살렸다는 이야기입니다. 다행히 불발탄이라서 터지지 않아 사단장 표창까지 받았다는 무용담들은 어디를 가나 심심찮게 들을 수 있습니다.

이런 무용담의 정점은 단연 화생방입니다. 특히 화생방 훈련 이야기할 때면 본인들은 가스실에서 방독면 벗고 군가 2개 불렀다는 사람이 있습니다. 그럼 옆에서 그건 약과라며 자기는 군가 5개 불렀다고 합니다. 그럼 또 누군가는 '한국을 빛낸 100명의 위인들'을 불렀다고 합니다. 심지어는 애국가를 1절부터 4절까지 불렀다는 사람도 있고,

구구단을 1단부터 99단까지 외웠다는 사람도 나옵니다. 방독면을 애초에 쓰지 않고 들어갔다는 사람도 나옵니다. 무조건 군 생활은 너보다 내가 더 힘들어야 합니다. 그게 예비역들의 자부심이니까요. 군 생활에서 남는 건 빡센 곳에서 생활했다는 자부심 그거 하나입니다.

군대 이야기는 온갖 MSG가 점철된 그야말로 상상력 끝판왕인 예비역들이 모여서 자부심 섞인 '군대 이야기 창작 대잔치'를 펼치는 것 같기도 합니다. 가스실에서 애국가 4절까지 불렀다는 무용담은 예비역이 되면 스스로 체득하게 됩니다. 같은 이야기를 100번 하면 스스로가 기억을 왜곡시킨다고 하니 전역 후 계속해서 그런 말을 하고 다니면 실제 본인이 그런 일을 겪은 것 같기도 할 테지요. 하지만 그 허풍조차 미소로 넘길 수 있는 건 실제 고생했던 그들의 노고가 있었기 때문입니다. 어찌 되었건 군대를 다녀왔다는 것만으로도 예비역들이 무척 고생한 건 사실이니까요. 그러니 그 정도 무용담은 애교로 생각하고 귀를 쫑긋 세우며 귀담아들어 주면 무척 좋아합니다.

젊은 날 당신의 숭고한 희생으로 내 부모 형제들이 발 뻗고 잘 수 있었으며, 지금 이 나라가 이렇게 지탱될 수 있었습니다. 대한민국 예비역들의 헌신에 깊은 경의를 표합니다.

18

PT 체조 | 열아홉까지는 전우, '스~'부터는 원수
입대 19일 차 | 2025년 12월 05일 (금) | D-14

〈아들의 시간〉

오늘은 아침 뜀걸음 안 했다.

오늘은 하루 종일 유격이다.

아침 먹고 바로 유격 체조하러 갔다.

다행히 OOO에서 해서 모래에서 구르진 않았다.

16개 동작 중에 네 가지 동작을 배웠다.

1, 6, 8, 13번.

그중에서 8번이 진짜...

온몸 비틀기...

꼭~ 마지막 구령 붙이는 애들 있는데 진짜 때리고 싶었다.

복근이 엄청 땡겼다.

다 끝나고 바닥에 누워서 천장 보고 있는데, 갑자기 '가족사진' 노래 틀어줘서 눈물이 났다.

오후에는 유격 기구 체험했는데, 나는 안 하고 대기하면서 쉬었다.

호실 복귀해서 샤워하고 꽁쳐둔 초코파이 먹었다.

개 꿀맛. ㅎ

대기하다가 저녁 먹고 생활관 복귀해서 계속 쉬었다.

점호도 했다.

호실 원들이랑 노가리 깠다.

자야지.

※ PT 체조 순서

　1번 - 높이뛰기

　2번 - 굽혀 닿기

　3번 - 엉덩이 올리기

　4번 - 쪼그려 뻗치기

　5번 - 쪼그려 굽히기

　6번 - 발 벌려 뛰기

　7번 - 옆구리 운동

　8번 - 온몸 비틀기

9번 - 쪼그려 앉아 뛰며 돌기

10번 - 몸통 뒤로 젖히기

11번 - 쪼그려 뛰기

12번 - 몸통비틀기

13번 - 팔 올려 발에 닿기

14번 - 팔 동작 몸통 받쳐

〈아버지의 시간〉

유격훈련의 날이 밝았습니다.
이날은 화생방과는 다른 차원에서 눈물 콧물을 다 짜는 날입니다.

사격 훈련이 힘들다고 말하는 이유는 총기 사고가 발생하지 않게 끔 정신상태를 똑바로 재무장하는 과정에서 훈련이 힘들기 때문입니다. PRI를 하며 버티는 자세, 엎드렸다 일어섰다 얼차려를 무한 반복하며 몸은 너덜너덜해지고 정신을 바짝 차리게 됩니다.

화생방 훈련이 힘든 이유는 CS(가스) 탄의 강렬한 고통이 온몸과 폐부 깊숙이 짜릿하게 전해져 오기 때문입니다. 훈련받는 시간은 훈련 중 가장 짧지만, 그 짧은 시간 동안 형언할 수 없는 고통을 느낍니다. 피부와 오장육부까지 끊임없이 바늘로 찔러대는 느낌을 받기 때문이죠.

유격은 그것과는 또 다른 신선한 고통을 선사합니다.
보통 유격훈련 시 4~5시간 동안 PT 체조를 시킵니다. 무한 반복과 버티는 과정에서 지옥을 맛보게 됩니다. 사실 모든 훈련 중에서 몸이 가장 힘든 것은 유격입니다. 사람은 죽도록 힘들게 느껴져도 몸은 계속 굴러간다는 것이 신기한 체조입니다. PT 체조를 피(P) 튀(T)기는 체조라고도 합니다. 하지만 유격 조교들은 이런 사실 따위는 안중에도 없습니다. 조교들은 훈련병의 근육 세포 하나하나에 안부를 묻듯 집요하게 굴립니다. 육체 단련이란 본래의 목적은 망각하고 몸을 괴롭히는 용도로만 쓰입니다. 그런데, 왜 PT 체조를 그렇게 시킬까요? 바로 유격훈련을 받다가 몸이 경직되어 큰 부상을 입는 것을 방지하기 위해서입니다. 사실 PT 체조는 체력 단련을 빙자한 가혹행위가 아닐까 하는 생각이 듭니다. 그래도 마치고 나면 보람은 큽니다.

PT 체조의 가장 큰 적은 아군, 바로 동기들입니다. 마지막 구령을 붙이지 말라고 신신당부해도 꼭 마지막 구호를 붙이는 동기들이 있습니다. 진심으로 욕이 나옵니다. 그 짓을 반복하다 보면 동기고 뭐고 간에 그야말로 미칠 지경입니다.

PT 체조 시 처음에 몇 회 하겠다고 한 말은 99% 거짓말이니 명심해야 합니다.

보통 이런 식입니다.

"자. PT 6번 발 벌려 뛰기. 10회. 몇 회?"

"10회"

"목소리가 작다. 30회. 몇 회?"

"30회"

"(작은 목소리로)20회 실시"(이어지는 호각 소리 "삑 삑 삑~")

누가 가르쳐 준 것도 아닌데, 동기들끼리 약속이나 한 듯이 19번 째는 큰 목소리로 외칩니다. 마지막에는 구호를 외치지 말라는 신호죠.

"열아홉!!!"

그래도 마지막에는 어김없이, 반드시, 기필코, 확실히, 필연적으로 누군가가 외칩니다!!!

"스무…"

"우 씨."

"우 씨. 누구야? 나와. 동기가 실수하면 감싸 줘야지. 저쪽 가서 엎드려뻗쳐."

그런데, 여기서 드는 의문이 있습니다.

과연 마지막 구령을 안 붙였다고 교관이 PT 체조를 끝낼까요? 아마 그러진 않을 겁니다. 교관과 조교들은 어떤 식으로든 훈련병들을 악랄하게 괴롭히기 위해서 매일 밤잠 안 자고 자기들끼리 모여서 궁리를 하는 게 틀림없습니다. 조교들도 밉지만, 마지막 구령을 붙이는 동기 놈들이 더 밉습니다.

제가 훈련소에서 PT 체조했을 때가 기억납니다.

8번 동작, 온몸 비틀기였습니다. 온몸 비틀기는 입대 전부터 선배들에게 익히 들었고, 또 학교 기숙사에서 연습도 많이 했습니다. 하늘을 보고 누운 상태에서 팔을 벌리고 다리를 좌우로 비틀며 버티는 자세인데, 이게 생각보다 훨씬 힘듭니다. 스무 개를 하는데, 처음엔 할 만하다 싶은데 시간이 지날수록 복근이 불타오르고 팔이 후들거립니다.

　“하나, 둘, 셋, 하나,
　하나, 둘, 셋, 둘.”
　처음에는 천천히 구령을 시작합니다. 그런데 시작해 보니 스무 개
가 언제 끝날지 알 수가 없습니다. 열 정도까지 세면 될 줄 알았는데,
온몸 비틀기는 네 개가 하나입니다. 열 개까지는 참을 만했습니다.
체감상 열 개 정도면 끝날 줄 알았는데 아직 열 개가 더 남았습니다.
미칠 지경입니다.

　“하나, 둘, 셋, 열여덟,
　하나, 둘, 셋, 열아홉.”
　이쯤 되면 온몸이 떨립니다. 옆에서는 누군가 앓는 소리를 냅니다.
마지막 숫자만 말하지 않으면 끝나는데, 그 순간 누군가가 외칩니다.

　“하나, 둘, 셋, 스무…”
　심지어는 정확하게 ‘스물’이라고 말하지도 못합니다. ‘스~’까지만
나오면 본인도 아차 싶거든요. 그 순간의 절망이란 이루 말할 수 없
습니다.

　교관이 말합니다.
　“누가 마지막 구령 붙였어? 구령 붙인 놈 열외! 정신 못 차리지? 좋

아. 이번에는 10회. 몇 회?"

정말 모두가 그 동기를 두드려 패고 싶었습니다. 다들 눈빛으로 욕을 하며 그 동기를 쳐다봤습니다. 마지막 숫자만 안 말하면 되는 건데, 왜 그걸 말하는 건지. 어쨌든 우리는 다시 시작해야 했습니다. 한편으로는 저쪽으로 열외가 되어서 더 빡센 얼차려를 받는 동기가 불쌍해 보이기도 합니다.
"그래. 네가 뭔 죄냐. 너 입이 죄지. 그래도 죗값은 받아라."
지금은 남 신경 쓸 때가 아닙니다. 생사가 오가는 순간입니다.

그렇게 한정 없이 구르고 PT 체조가 다 끝날 때쯤이면 온몸은 땀이 비 오듯 쏟아지고 하늘이 노랗습니다. 조교의 '뒤로 취침' 소리에 흙바닥에 철퍼덕 쓰러져 누워 하늘을 바라봅니다. 숨이 차서 말도 안 나옵니다. '아!~ 엄마 보고 싶다. 집에 가고 싶다.' 그런 생각을 하며 잠시 누워 있으면 조교가 타이밍 기가 막히게 눈물 버튼을 누릅니다.
"다들 어머님 은혜. 일 발 장전."
"일 발 장전."
"시작."
"나실 제 괴로움 다 잊으시고⋯."

순간 여기저기서 흐느끼는 소리가 들려옵니다.
나중에는 대성통곡을 하는 동기들도 보입니다.

"엉엉~~~ 엄마~~"

저도 많이 울었습니다. 그 분위기에 동화되지 않을 재간이 있는 사람은 없었습니다. 그때는 조교들도 울도록 가만히 놔둡니다. 그 시간을 본인들도 겪었고, 그때 어떤 감정이 드는지를 아니까요. 그렇게 고생 뒤 낙이 온다는 말을 직접 몸으로 체감한 유격훈련, 그중 PT 체조의 대장정이 마무리됩니다. 그제야 비로소 끝났다는 안도감이 밀려옵니다. 이날은 정말 모두가 베개를 베자마자 정신없이 곯아떨어집니다.

사랑하는 아들도 오늘 PT 체조할 때, 8번 동작 때문에 힘들었다고 하는데, 마지막 구령 붙이는 애들 때문에 때리고 싶었다는 말에 웃음이 나왔습니다. 저도 그랬으니까요. 훈련이 끝날 때쯤 '가족사진' 노래를 틀어 주니 눈물이 났다고 하네요. 그 마음 압니다. 몸이 힘들 때 가족 생각하면 눈물이 나는 게 당연합니다. 집에 가고 싶고, 엄마 아빠 보고 싶고, 평범한 일상이 그리워집니다. 그래서 사람이 군대를 다녀와야 하는가 봅니다. 일상의 소중함을 가장 뼈저리게 느낄 수 있는 곳이 바로 그곳이니까요. 전역 1주일 후 모든 것이 사라지는 마법은 어떻게 된 건지 모르겠습니다.

그 소중함이 전역 후 신기루처럼 사라질지언정 훈련소의 눈물만큼은 진짜였습니다. 물론 그 눈물을 짜내는 방식도 세월에 따라 변하더

군요. 이제는 훈련병들이 직접 노래를 부르는 게 아니라 좀 더 세련
되게 훈련병들을 울리네요. 요즘은 '어머님 은혜' 노래를 학교에서 배
우는지 잘 모르겠습니다.

사랑하는 아들아, 잘하고 있다.

꽁쳐 둔 초코파이를 먹으며 "개 꿀맛ㅎ"라고 쓴 걸 보니 아직 여유
가 있네. 다행이다.

이제 19일 차. 절반을 넘어섰다. 조금만 더 힘내라.

(기억의 언어)

군대 이야기를 하다 보면 이상한 지점에서 말이 어긋날 때가 있습
니다. 같은 장면을 두고 누군가는 'PT 체조'라고 말하고, 누군가는 '유
격 체조'라고 기억하지만 실제로는 다 같은 겁니다. 14개 동작으로
이루어진 맨손 체조를 부르는 여러 이름일 뿐이죠.

하지만 힘들었던 기억은 사람마다 다릅니다. 누군가에게는 4번이
지옥이었고, 누군가에게는 8번 온몸 비틀기가 악몽이었습니다. 조교
가 구령을 천천히 붙였는지 빠르게 붙였는지, 몇 번을 반복했는지에
따라 그날의 기억은 달라집니다. 그래서 군대 이야기는 언제나 조금
씩 엇갈립니다. 기억하는 사람의 말대로 남겨지고, 그것이 계속해서
전해집니다. 이름보다 몸이 먼저 반응하고, 정의보다 나만의 기억이
오래 남는 곳이 군대입니다. 중요한 건 많은 청춘이 그 시절을 겪으

며 나라를 지켰다는 사실이고, 그 기억이 우리에게 남아 있다는 사실입니다. 오늘도 대한민국 어딘가에서는 군대 이야기와 축구 이야기, 그리고 군대에서 축구 한 이야기를 하며 소주잔을 기울이는 예비역들이 있을 테지요. PT 8번 이야기도 빠지면 서운합니다.

19

침대 사용
70%의 속도로 달리는 비겁하고도 위대한 전략
입대 20일 차 | 2025년 12월 06일 (토) | D-13

〈아들의 시간〉

오늘은 아침 점호 실내에서 했다.

아침 먹고 호실에서 대기하다가 호실별 사진 찍고 왔다.

사진 찍고 와서 총기 손질했다.

어제 유격해서 오늘 침대 사용 허락해 준다고 해서 바로 침대에 누워있었다.

1시간 자고 다시 점심 먹으러 갔다.

먹고 와서 운동 좀 하다가 다시 잤다.

일어나니까 저녁 시간이다.

밥 먹고 왔다.

오늘은 진짜 ㄹㅈㄷ(레전드) 휴식 타임이었다.
현재 18시 45분인데, 19시 50분까지 자율 샤워하란다.
필기해둔 내용 공부 좀 하다가 호실 원들이랑 침대에서 이야기 좀
했다.

자야지.
오늘은 진짜 쓸 내용이 없어서 한 페이지도 못 채웠네. ㅋㅋ
진짜 자야지.

〈아버지의 시간〉

어제 너무나도 힘들었던 유격훈련, 그중 PT 체조를 힘들게 받고 오늘은 편안히 휴식을 취했나 봅니다. 군 생활 중 이렇게 가끔 찾아오는 휴식 시간으로 인해 또다시 힘든 훈련을 받을 동력이 생겨납니다.

군대에서 가장 힘든 게 뭐냐고 물으면 보통 이렇게 답합니다.
"화생방?"
"유격?"
"행군?"
다 틀렸습니다.

정답은 '선착순'입니다(제 기준입니다).
선착순 달리기만큼 사람을 절망에 빠뜨리는 훈련은 없습니다. 화생방은 짧고, 유격은 정해진 시간이 있고, 행군도 언젠가는 끝이 납니다. 하지만 선착순은 끝이 없습니다. 아니, 끝이 있는지 없는지조차 알 수 없습니다. 가장 짜증이 나는 부분은 힘을 합치고 전우애로 똘똘 뭉쳐야 할 동기들끼리 서로 몸싸움해 가며 경쟁해야 한다는 겁니다.

논산 훈련소에서도 선착순을 했습니다. 그때는 이랬습니다.
"저기 나무까지 선착순 5명. 뛰어."

5명이면 할 만하다 싶었습니다. 우리 소대가 50명이니까 10분의 1만 들어가면 됩니다. 그래서 적당히 뛰었습니다.

5명이 들어왔습니다.

"하나, 둘, 셋, 넷, 다섯. 번호 끝."

"좋아. 나머지는 엎드려뻗쳐. 팔굽혀펴기 20개. 실시!"

입대 후 처음 한 선착순이라 처음 순번 안에 못 들면 다시 뛰는 줄로만 알았지, 얼차려를 받는 줄 몰랐습니다. 팔굽혀펴기를 마치고 하고 나면 다시 말합니다.

"선착순 3명. 뛰어."

'아, 이런 식이구나.' 그렇게 또 뛰었습니다. 그리고 또 3명이 들어왔습니다. 나머지는 또 엎드려뻗쳐를 합니다.

"열심히 안 뛰는 놈들은 뭐야? 빨리 안 뛰지? 다시 선착순 3명. 뛰어."

이렇게 무한 반복을 합니다. 뛰고, 얼차려 받고, 또 뛰고, 얼차려 받고. 그나마 논산은 이 정도였습니다. 선착순을 그다지 많이 하지도 않았지만, 규칙이 있었고 예측할 수 있었습니다.

하지만 육군종합행정학교 헌병 후반기 교육은 달랐습니다. 선착순의 일상화입니다. 하루라도 선착순을 하지 않으면 불안해서 잠이 오지 않았습니다. 자다가 깨워서 선착순을 시킬 테니까요. 구대장이 가장 좋아하는 훈련병 괴롭히기 1순위가 바로 선착순입니다.

"축구 골대까지 선착순 2명. 뛰어."

'2명은 너무 짠데?'라고 생각하며 미친 듯이 뛰었습니다. 2등 안에 못 들면 얼차려를 받고 또 뛰어야 하니까요. 전투화와 전투복을 착용하고 뛰는 건 체육복에 운동화 신고 뛰는 것과는 차원이 다릅니다. 무겁고, 답답하고, 숨이 차오릅니다. 전투화 무게 때문에 발이 질질 끌립니다.

2명이 들어갔습니다. 저는 헐떡이며 생각했죠.

'이제 못 들어간 나머지는 얼차려 받고 몇 번 정도만 더 뛰면 끝나겠구나.'

"좋아. 2명 열외. 나머지 정신 안 차리지? 다시. 선착순 2명. 뛰어."

그렇게 몇 번을 더 뛰었는지 모르겠습니다. 다리가 슬슬 풀리기 시작합니다. 숨은 턱까지 차올랐고, 심장은 터질 것 같습니다. 선착순의 가장 큰 문제는 예측 불가능입니다. 언제 끝날지 모릅니다. 구대장 기분에 따라 달라집니다. 어떤 날은 3번 만에 끝나고, 어떤 날은 10번을 넘게 뜁니다. 그래서 더 힘듭니다. 끝이 보이면 참을 수 있는데, 끝이 안 보이니까 절망스러운 겁니다. 모든 건 구대장 마음이니까요.

"이거 언제 끝나?"

"모르겠어. 오늘 구대장 기분 안 좋아 보이던데."

"아… 죽겠다."

욕이 절로 튀어나옵니다.

그렇게 우리는 하루에도 기억나지 않을 만큼 많은 순간을 흙먼지를 휘날리며 운동장을 왕복했습니다. 신기한 건 그렇게 힘든 일도 나중에는 익숙해진다는 겁니다. 처음에는 3번만 뛰어도 토할 것 같았는데, 나중에는 10번을 뛰어도 버팁니다. 사람 몸이 적응하나 봅니다. 아니, 적응하는 게 아니라 그냥 포기하는 겁니다.

'아, 오늘도 많이 뛰겠구나. 그냥 뛰자. 아무 생각하지 말자.'

이렇게 되면 마음이 조금 편해집니다. 일찍 마칠 거라는 기대를 안 하니까요.

그리고 선착순을 몇 번 경험하다 보면 나름의 전략이 생깁니다. 처음에는 다들 무조건 전력 질주합니다. 첫 등수 안에 들려고요. 빨리 끝내고 쉬고 싶으니까요. 하지만 몇 번 뛰다 보면 깨닫습니다. '아, 이거 오늘 10번은 뛰겠구나.' 그러면 전략이 바뀝니다. 처음 몇 번은 적당히 뛰고, 나중에 힘을 아껴뒀다가 마지막에 들어가는 겁니다. 어차피 여러 번 뛸 거 체력을 안배해야 한다는 거죠. 문제는 다들 그렇게 생각한다는 겁니다. 그래서 첫 번째, 두 번째는 다들 적당히 뜁니다. 서로 눈치를 보면서요.

"야, 너무 빨리 뛰지 마."

"알았어. 천천히 가자."

그렇게 적당히 뛰면 구대장이 말합니다.

"뭐야. 요령 피워? 좋아. 지금부터 선착순 한 명! 뛰어!"

결국 더 뛰게 됩니다.

선착순을 하면서도 동기들끼리 힘내라고 서로를 격려합니다. 그게 아니면 버티기 힘듭니다. 후반기 교육 6주 동안 우리는 구대장의 선착순에 내내 시달렸습니다. 나중에는 선착순이라는 말만 들어도 다리가 저절로 움직일 정도였습니다. 그리고 수료하는 날, 구대장이 말했습니다.

"다들 고생했다. 선착순 많이 시켜서 힘들었지?"
"예. 힘들었습니다."
보통은 "아닙니다."라는 대답이 나와야 하는데, 어차피 헤어지는 마당에 이제 더 이상 눈치 볼 필요도 없으니 마지막으로 진심을 말해 봅니다.

"흐흐. 그래도 선착순 덕분에 체력은 좋아졌을 거다. 군인은 체력이 생명이니까."
그 말을 듣는 순간 묘한 감정이 들었습니다. 미웠는데, 고맙기도 하고 복잡한 감정이었습니다. 지독했던 원망도 시간이 지나 굳은살이 박히니 이제는 아련한 추억의 한 조각이 되었습니다. 지금 잘 지내고 계시는지 모르겠습니다. 이 양반 요즘은 자식들에게 선착순 시키지는 않는지 궁금하네요.

지금 생각해 보면 구대장도 나름의 이유가 있었을 겁니다. 훈련병을 강하게 만들려고 했던 거죠. 하지만 그때는 그냥 미웠습니다. 지금도 선착순 생각만 하면 다리가 아파져 오고 숨이 차오릅니다. 30년이 지났는데도 말이죠.

※ 선착순: 정해진 거리를 달려서 지정된 순위 안에 들어오는 훈련입니다. 보통 5명, 3명, 2명 등으로 인원을 정하며, 들어오지 못한 인원은 얼차려를 받거나 그대로 다시 뛰어야 합니다. 끝이 언제인지 알 수 없어 체력적으로나 정신적으로나 가장 힘든 훈련 중 하나입니다. 조교나 교관의 재량에 따라 횟수가 정해지므로 운이 나쁘면 온종일 뛸 수도 있습니다.

※ 선착순 요령: 경험상 처음 뛸 때 70~80%의 속도로 달립니다. 선두그룹에 들어왔지만 선착순 순위 안에는 들지 못합니다. 두 번째 뛸 때는 50~60%의 속도로 조금 천천히 뜁니다. 그럼 내 앞에 이미 많은 인원이 도착해 있습니다. 나는 후미 쪽에서 아직도 들어오고 있습니다. 그때 다시 '선착순'을 외치면 뒤돌아서 미친 듯이 달립니다. 이때 순위 안에 못 들면 계획이 산산조각이 나서 처음부터 다시 시작해야 하니 전략을 잘 짜야 합니다. 그럼 보통 3~4번째 뛸 때는 선착순 순위 안에 들어올 수 있습니다. 구대장이 매의 눈으로 보고 있다가 "누가 끝까지 안 들어오고 중간에서 돌아가나?"라고 외치기도 합니다. 그건 적당히 끝까지 들어가는 척하다가 뒤돌아서 바로 뛰어가던지 요령껏 잘해야 합니다.

어찌 되었건 군대는 뺀질거리면 안 되지만 적당한 눈치와 요령은 잘 살피는 것이 좋습니다. 하다 보면 조금씩 경험이 쌓입니다. 그래서 자대에서 고참들이 입버릇처럼 하는 말을 무시할 수 없습니다.

"야!~ 내 짬밥이 얼만데."

군대나 사회나 짬밥! 정말 무시할 수 없습니다. 그 짬밥의 지혜가 선착순의 먼지 구덩이 속에서부터 시작되었음을 이제야 알 것 같습니다.

20

클린 훈련단 | 강제로 숲을 잃은 얼리옴답터 탄생
입대 21일 차 | 2025년 12월 07일 (일) | D-12

〈아들의 시간〉

오늘도 저번 주에 이어 종교 활동 안 갔다.

안 가는 게 더 편하다. ㅋㅋ

오전 동안 종교 참석 안 한 인원들 침대 사용 허가해 줘서 누워서
꿀잠 잤다.

어제에 이어 종이펑 공부도 조금 했다.

점심 먹고 휴대폰 사용을 했다.

이제 폰 받아도 별 감흥이 없다. ㅋㅋ

빨리 수료나 하고 싶다.

그래도 오늘은 노래도 좀 들었다.

하... 3주 지났는데, 세상과 멀어진 기분...

암튼 폰 사용 끝나고 '클린 훈련단'이라고 훈련단 대청소를 했다.

아주 열심히 닦았다.

근데 검사는 안 했다. ㅋㅋ

이게 군대지 ㅋㅋ

조금 대기하다가 저녁 먹고 쉬다가 공부도 좀 하고 이야기도 하니까 점호할 때 됐다.

점호하고 샤워도 했다.

오늘은 웬일로 21시 30분 취침해도 된단다.

예~!!!

자야지.

※ 종이평: 종합이론 평가를 말합니다.

<아버지의 시간>

아들이 훈련단 대청소했다는 소식을 들으니 30년 전 우리 내무반을 청결 수준이 아닌 '초비상'으로 몰아넣었던 그 끔찍한 벌레가 생각납니다.

군대에서 가장 무서운 적은 누구일까요?

바로 '옴'입니다.

옴진드기만큼 훈련병들을 공포에 떨게 만드는 존재도 없습니다. 화생방도, 유격도, 선착순도 결국엔 끝이 납니다. 하지만 옴은 다릅니다. 한 번 퍼지기 시작하면 순식간에 내무반 전체가 쑥대밭이 됩니다.

군대에서 가장 중요한 일 중 하나가 바로 개인위생 관리입니다. 특히 훈련소에서는 개인위생 관리가 더욱 중요합니다. 요즘은 매일 샤워를 할 수 있으니 다행이지만 샤워를 매일 할 수 없었던 시절, 단체생활에서는 전염병이 적군보다 더 무서운 적이었습니다.

육군종합행정학교에서 헌병 후반기 교육을 받을 때였습니다.
어느 날 아침, 동기 하나가 사타구니를 벅벅 긁고 있었습니다.

"야, 뭔데? 왜 그래?"
"모르겠어. 어제부터 사타구니가 너무 가렵네."
"혹시…"
불길한 예감은 적중했습니다.

그날, 부대 내 초비상이 걸렸습니다.
"전원 집합! 옴 환자 발생!"
옴은 전염성이 너무 강해서 순식간에 옆 사람에게 퍼져나갑니다. 옴 환자를 발견하면 바로 격리 조치해야 합니다. 당연히 그 동기는 바로 막사 2층 빈 내무반으로 격리 조치했습니다. 그 동기는 혼자서 쓸쓸하게 2층으로 올라갔습니다. 50명 정도가 사용할 수 있는 내무반에 혼자 덩그러니 남겨진 겁니다. 우리는 그날부터 2층 근처에는 얼씬도 하지 않았습니다.

며칠 후, 궁금해서 한 번 올라가 봤습니다. 계단을 올라가니 동기가 그 넓은 내무반에 혼자 우두커니 앉아 있더군요. 멀리서 소리쳤습니다. 가까이 가면 옴진드기가 기어 올 것만 같았거든요.

"야, 괜찮냐?"
"… 그냥. 심심해."
"밥은 잘 먹어?"
"응. 가져다줘."
"치료는 잘 되고 있어?"
"… 응."
"그래. 쉬어라."

목소리가 처량했습니다. 하지만 가까이 갈 수는 없었습니다. 옴에 대한 두려움에 멀리서 인사만 하고 후다닥 뛰어 내려왔습니다.

"야, 어땠어?"
"… 불쌍하더라. 혼자 있는데."
그 동기는 한동안 격리되어 있었습니다.

옴 치료는 간단하지 않습니다. 겨드랑이와 사타구니에 옴진드기가 굴을 파고 살기 때문에 그쪽 털을 모두 제거해야 합니다. 그리고 약을 바릅니다. 매일 침구류를 일광소독 해야 하고요. 2주쯤 지나서 그 동기가 드디어 내무반으로 돌아왔습니다.

"야, 완치됐어?"

"응. 이제 괜찮대."

"고생했다."

다들 반가워했습니다. 그래도 조금은 조심스러워 가까이 가기 두려워합니다. 혹시 아직 옴진드기가 남아 있는 건 아닐까 하는 불안감이 있었거든요.

그날 저녁 샤워 시간.

우리는 그 동기를 보고 깜짝 놀랐습니다. 있어야 할 곳에 뭐가 없었습니다.

겨드랑이도, 사타구니도, 말끔하게 밀려 있었습니다.

"푸하!~ 너 완전 민둥산이네!"

"닥쳐. 옴 치료하려면 어쩔 수 없었어."

"오!~~ 완전 애기 같은데?"

"아 진짜!"

그 동기는 얼굴이 빨개졌습니다. 우리는 한참을 웃었습니다.

"그래도 다행이다. 완치돼서. 완치된 거 맞지?"

“맞아. 진짜 지옥이었다. 밤마다 너무 가려워서 미칠 뻔했어.”

옴은 특히 밤에 심해지는 가려움증이 특징입니다. 옴진드기가 피부에 굴을 파고 들어가며 분비하는 물질에 대한 알레르기 반응이 나타나기 때문이죠. 주로 손가락 사이, 손목, 겨드랑이, 사타구니 등 부드러운 피부에 붉은 발진이 나타나며, 심한 경우 전신으로 퍼질 수 있습니다. 특히 겨드랑이나 사타구니에 옴진드기가 굴을 파고 살며 어두운 밤에 기어 나와 활동합니다. 너무나 가려워서 자기도 모르게 벅벅 긁어댑니다.

“진짜 잠을 못 자겠더라. 자다가 깨고, 자다가 깨고.”
“고생했다. 진짜.”

옴 환자가 발생한 이후 모두가 개인위생 관리에 더욱 신경 쓰도록 구대장의 특명이 떨어졌습니다. 샤워는 물론이고, 속옷도 매일 갈아입고, 침구도 자주 햇볕에 말렸습니다. 옴 환자는 한 명으로 충분했으니까요. 그리고 그 동기는 한동안 ‘민둥산’이라는 별명으로 불렸습니다.

“야, 민둥산. 이제 좀 자랐냐?”
“닥쳐. 조금씩 자라고 있어.”
지금 생각해 보면 그 동기도 참 억울했을 겁니다. 옴에 걸린 것도 억울한데, 2주 동안 격리당하고, 털까지 다 밀고, 돌아와서는 동기들에게 놀림을 당하고 말이죠. 하지만 그게 군대였습니다. 힘든 일도 웃음으로 승화시키며 버텨 내는 곳.

브라질리언 왁싱도 없던 시절, 그걸 미리 경험해 본 '얼리옴답터' 동기.

지금은 어디서 뭘 하며 살고 있을까요. 그때 그 민둥산은 지금쯤 울창해졌을까요? 아들의 청소 소식을 들으며, 그 시절 불쌍했던 동기의 잃어버린 숲을 한 번 더 떠올려 봅니다.

21

최종 자력 확인
살을 파내는 고통보다 무서웠던 유급
입대 22일 차 | 2025년 12월 08일 (월) | D-11

〈아들의 시간〉

오늘 01시부터 02시까지 불침번 섰다.

그래도 시간대가 낮베드여서 언능 하고 다시 와서 잤다.

갈수록 불침번 설 때 시간이 빨리 가는 것 같다.

아 4주차 시작이다.

저번 주에는 이번 주가 오길 바랐는데, 막상 이번 주를 맞이하니

참...

기분이...

왜인지는 모르겠다.

아~ 집 가고 싶다.

아무튼 아침 먹고 오전엔 OOO 가서 화생방 보호의 착용법을 배웠다.

별거 없었다.

다시 생활관 복귀해서 점심 먹고 다시 OOO 가서 지혈대 착용법을 배웠다.

평가도 보았다.

1분 안에 팔뚝에 지혈대를 착용하는 것이었는데, 다행히 이 평가는 만점...

휴...

다시 호실 복귀해서 호실별 토의? 하는 중이다.

별걸 다 시킨다.

배고프다.

저녁 먹고 왔다.

잠시 대기하다가 OOO으로 최종 자력 확인하러 갔다.

점호 바로 하고 샤워도 했다.

아~ 이렇게 4주 차 스타트를 끊었다.

시간이 빨리 가면 좋겠다!

제발!!

자야지.

※ 최종 자력: 2주 차에 특기 적성검사 시험 친 것과 전공, 자격증 등 모두 포함해서 나오는 최종 평가 결과를 말합니다. 이 병사가 어떤 특기를 얼마나 '스스로 감당할 수 있는 자질을 갖췄는가'를 수치화한 개념입니다.

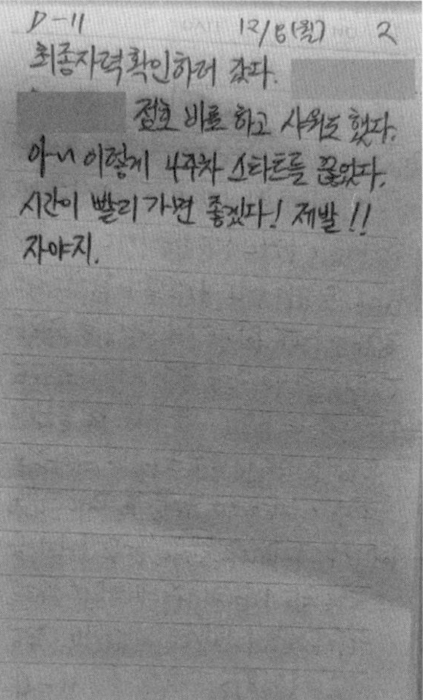

〈아버지의 시간〉

아들이 지혈대 착용법을 배웠다는 글을 보니 피를 멈추는 것보다 고름을 짜내는 것이 더 절실했던 저의 훈련소 시절이 떠오릅니다.

논산 훈련소에서 신병 교육받을 때였습니다. 처음 착용하는 전투화는 딱딱하고 질기기 그지없어 걸을 때마다 발목에 통증이 느껴집니다. 시간이 날 때마다 발목 접히는 부분을 접어서 발로 밟고, 손으로 뒤틀어 가며 부드럽게 만들었던 기억이 납니다.

"전투화 길들이기 힘들어 죽겠다."

"맞아. 발목 아파 미치겠어."

"나도. 근데 뭐 어쩌겠냐. 군바리가 계속 신어야지."

6주간 계속되는 훈련을 받다 보면 발목에 무리가 갑니다. 운이 좋으면 아무 일도 안 일어날 수 있지만 운이 나쁘면 가장 악랄한 군대병인 봉와직염에 걸리고 맙니다. 전투화를 신고 훈련받으면 전투화 내부가 습기로 가득 찹니다. 장시간 전투화를 신고 있으면 땀 배출은 많고 건조 시간은 턱없이 부족합니다. 그야말로 세균 증식에 최적의 환경이 되어 봉와직염에 걸리기 딱 좋은 조건이 됩니다. 훈련소에서는 바로 씻고 소독하는 것이 현실적으로 어렵습니다.

군대에서 봉와직염이 잘 생기는 이유는 미세한 상처, 습기, 위생 제한, 피로가 동시에 겹치는 환경이기 때문입니다. 고강도 훈련과 새로운 환경에 적응해야 하는 스트레스에 따른 피로와 면역력 저하로 사회에서는 버티던 세균에도 쉽게 무너집니다.

훈련받던 어느 날, 오른쪽 발목의 복숭아뼈가 간질간질했습니다.

‘뭐지?’

전투화를 벗어 보니 작은 상처가 생겨 있었습니다. 별거 아닌 것 같았습니다.

“야, 이거 괜찮겠냐?”

“뭐 이런 걸 가지고. 금방 낫겠지.”

그렇게 지나갔습니다. 이 정도는 정말 별거 아니라고 생각했으니까요.

다음 날, 상처가 조금 더 부풀어 올랐습니다.

‘어? 이상한데?’

그다음 날, 더 부풀어 올랐습니다. 느낌이 좋지 않았습니다.

“야, 이거 좀 이상한데?”

“의무실 가 봐.”

“괜찮을 거야. 조금만 더 지켜보자.”

하지만 괜찮지 않았습니다. 사흘째 되는 날, 복숭아뼈 주변이 퉁퉁 부어올랐습니다. 붓기 때문에 전투화도 잘 안 신겨지고, 만지면 뜨겁고, 통증이 심했습니다.

조교에게 보고하고 의무실로 갔습니다.

“봉와직염이네요.”

“예. 어떡합니까?”

“심한데요? 왜 진작 안 왔어요?”

“별거 아닌 줄 알았습니다.”

의무병이 말했습니다.

“이거 수술해야 할 것 같네요. 고름 빼내야 합니다.”

“예. 알겠습니다.”

군의관도 아닌 의무병이 집도한 걸로 기억합니다.

최소한 마취제 정도는 놔주는가 싶었는데, 그 당시 논산 훈련소에서 너무 많은 걸 바랐나 봅니다. 위생병이 수건을 하나 주더니 말했습니다.

“입에 물고 있으세요.”

“괜찮습니다. 안 물어도 됩니다.”

“많이 아플 건데요?”

“괜찮습니다.”

하지만 괜찮지 않았습니다.

소독한 후, 복숭아뼈에 부풀어 오른 부위를 메스로 찢었습니다. 몇 번 손으로 고름을 짜내고 말겠지 싶었습니다. 처음 한두 번은 참을 만했습니다. 그러나 그것은 오산이었습니다. 위생병이 핀셋으로 거즈를 집어서 상처 안으로 넣더니 무자비하게 휘저었습니다. 비명이 새

어 나왔지만 이를 깨물었습니다. 고통 때문에 눈물이 절로 흘러 하늘
을 쳐다봤습니다. 얇디얇은 침대 시트를 잡고 부들부들 떨었습니다.
　'아. 인생 최고의 고통이구나.'

　화생방도, 유격도, 선착순도 이것보다는 덜 아팠습니다. 그건 몸이
아픈 거였는데, 이건 살을 도려내고, 휘저어 파내는 고통입니다.
　"조금만 참으세요. 거의 다 됐어요."
　'젠장.'
　거의 다 됐다는 말을 10번도 더 들었던 것 같습니다.

　그렇게 위생병의 수술은 끝났습니다. 소독하고 약을 타서 내무반
으로 돌아왔습니다.
　"어땠냐?"
　"죽는 줄 알았어."
　"많이 아팠어?"
　"말이라고."

　그리고 다음 날부터 동기들과 함께 모든 훈련을 받았습니다. 전투
화 대신 활동화(운동화)를 신고, 이동 중에는 동기의 부축을 받아 절
뚝거리며 걸었지만 모든 훈련을 똑같이 받았습니다. 구보는 열외로
했지만 걸을 수는 있었습니다. 그런 제가 안쓰러워 보였는지 조교가
말했습니다.

"야, 쉬었다가 유급하고 다음 기수랑 같이 훈련받아. 무리하지 마."

"괜찮습니다. 할 수 있습니다."

딱 잘라서 대답했습니다. 기껏 군대에 들어왔는데, 봉와직염으로 유급되어 다음 기수들과 훈련을 한 번 더 받느니 차라리 버티는 게 낫겠다는 생각이 들었습니다.

"진짜 괜찮겠냐? 무리하는 거 아냐?"

"당연하지. 이것 때문에 유급 받느니 차라리 훈련받다가 쓰러지는 게 낫겠다."

동기들이 걱정했지만 버텼습니다. 아프지만 버틸 만했습니다. 매일 의무실에 가서 소독하고 약을 받아왔습니다. 활동화를 신고 훈련받았습니다. 전투화보다 훨씬 편했지만, 그래도 발목은 계속 아팠습니다. 2주쯤 지나니 상처가 아물기 시작했습니다. 부기도 빠지고, 통증도 줄어들었습니다.

"야, 많이 나았네?"

"다행이다. 까딱했으면 진짜 유급될 뻔했네."

"그러게. 버티길 잘했다."

결국 훈련소를 무사히 수료했습니다. 발목에는 흉터가 남았지만, 유급은 면했습니다. 지금도 그 흉터를 보면 생각납니다. 논산 훈련소 의무실에서 수건도 안 물고 버텼던 그 순간이 아마 인생 최고의 고통이었던 걸로 기억합니다. 하지만 그때 버텨서 다행입니다. 유급했으면 6주를 또 해야 했을 테니까요. 말끔히 수술을 잘해 준 의무병도 고맙고, 함께 해 준 동기들도 고맙습니다. 요즘 전투화는 정말 많이 개선되었더군요. 개선된 전투화 덕분에 우리 아들들은 저처럼 생살을 찢는 고통만큼은 피할 수 있기를 바랄 뿐입니다.

지금도 나라를 지키는 사랑하는 아들들.
훈련병 때는 특히 위생 관리에 신경을 써서 봉와직염을 조심하시기 바랍니다.

※ 봉와직염: 피부에 난 아주 작은 상처를 통해 세균이 침투하여 피하조직까지 번지는 급성 세균 감염입니다. 주로 발목, 정강이, 팔 등에 발생하며, 감염 부위가 빨갛게 부어오르고 뜨거워지며 심한 통증을 동반합니다. 치료하지 않고 방치하면 패혈증으로 번질 수 있으므로 초기에 발견 즉시 치료해야 합니다. 치료는 항생제 투여와 함께 고름이 찬 경우 절개하여 배농하는 처치가 필요합니다. 훈련소에서는 봉와직염 발생 시 유급 판정받을 수 있으니 발 상처 관리에 특히 주의해야 합니다.

22

보급 쟁탈전 | 동기를 잃은 군인의 멈춰버린 시간
입대 23일 차 | 2025년 12월 09일 (화) | D-10

〈아들의 시간〉

오늘은 꿀잠 잤다.

근데 아직도 06시 기상은 적응이 안 된다.

자도 안 잔 느낌…

오늘 아침에 체감 온도가 -10℃여서 아침 뜀걸음은 안 했다.

개꿀!

아침 먹고 볼일 보고 가군장 싸서 오전 학과인 기지 방호 들으러 대연병장으로 갔다.

맨손으로 수업 진행해서 너무 손이 차가웠다.

앉아쏴 했다가 쪼그려 쏴 했다가 방독면 썼다가 벗었다가 아주 난리를 쳤다.

그래도 오늘은 오전만 구르면 몸이 힘든 학과는 끝난다.

끝났다...

점심 먹고 수료 때 사용할 물품들 보급받았다.

보급받으면 뭔가 기분이 좋다.

다 공짜니까 헤헤...

언박싱도 하고 ㅎ...

보급 다 받고 저녁 먹기 전 마지막 학과를 들으러 왔다.

이거 지금 ○○○에서 쓰는 거다. ㅋㅋ

대충 헌법? 수업 듣고 대기 중이다.

○○○에서 바로 밥 먹으러 간다.

밥 먹고 왔다.

호실 복귀해서 신변 정리하고 잠시 대기 중이다.

와 ㅋㅋ.

아까 보급받은 스웨터랑 야상 외피 사이즈 다 안 맞아서 바꿔준다

고 했다가 또 안 해준다고 했다가. ㅋㅋ

결국엔 다시 다 가지고 오라 해서 모아서 갖다줬다.

ㄹㅈㄷ(레전드) 군대식 일 처리.

처음 받을 때 본인 사이즈 적힌 띠지 들고 가서 받으면 한 번만 일

하면 되는데.

점호하고 샤워하고 보급 쟁탈전 시작했다.

사이즈 방송으로 부르면 원하는 사이즈별로 실내교육장으로 가서 받으면 되는 건데, 사이즈가 남아있을지 몰라서 사실상 선착순이다.

나는 중앙계단 말고 뒷계단으로 내려가서 몰래 줄 만들어서 야상 외피 105사이즈 부르자마자 바로 뛰어 들어가서 105-173 사이즈 쟁취했다.

조교들한테 걸릴까 봐 쫄렸는데, 안 들키고 보급까지 잘 받아왔다.

휴...

위험 감수까지 하고 줄 선 나...

자격이 있었다고 생각... ㅋㅋㅋㅋ

아 몰랑~

쨌든 보급 사이즈 다 맞게 받았다.

자야지...

내일이면 수료까지 한 자릿수로 접어든다...

진짜 자야지.

※ 군대에서 보급품이 중요한 이유!

군대의 전투력은 보급에서 시작됩니다. 보급은 물자 공급을 넘어 병사의 생존, 사기와 직결되기 때문입니다. 아무리 강한 훈련도 제때 먹고 입는 보급이 뒷받침되지 않으면 무용지물입니다. 양질의 보급품은 '국가가 나를 책임진다.'는 신뢰를 주어 사기를 높이는 핵심 동력이 됩니다. 특히 훈련소 보급품은 분실 방지를 위해 반드시 주기(이름 쓰기)를 하고 수량을 늘 체크해야 합니다. 예전에는 점호 때 속옷과 양말 개수까지 검사하곤 했는데, 요즘은 어떤지 궁금하네요.

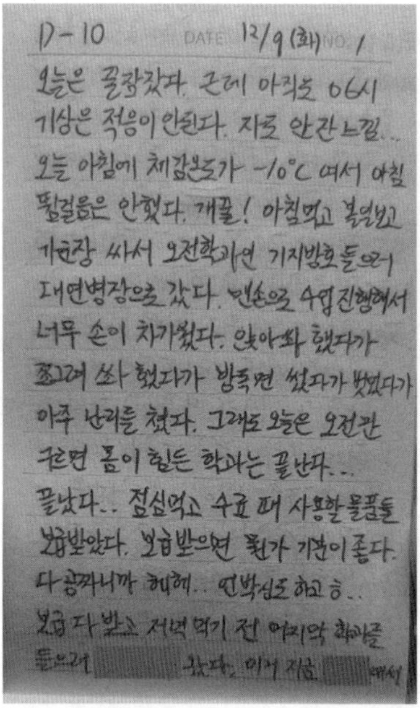

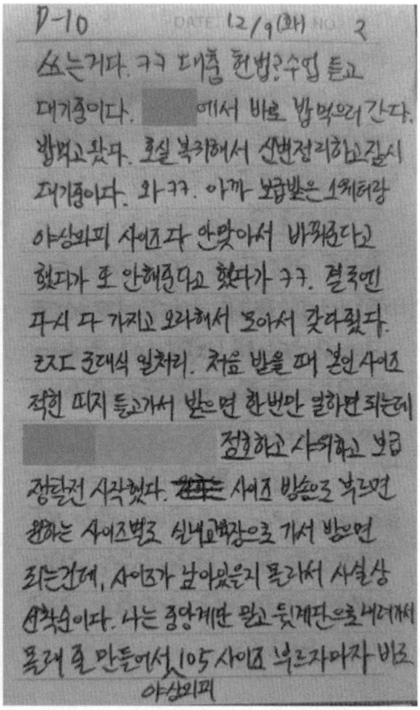

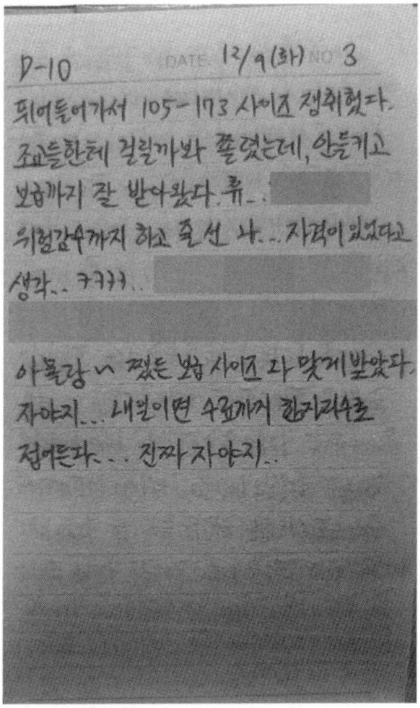

〈아버지의 시간〉

아들이 겪은 '레전드 군대식 일 처리'를 보니 상식이 비상식이 되곤
했던 저의 옛 기억들이 줄을 이어 떠오릅니다.

어느 날 행보관이 내무반에 들어와서 물어봅니다.
"미술학과 손들어!"
"이병 홍길동!"
"그래. 좋아. 나가서 연병장에 축구장 라인 만들어."

"예. 알겠습니다."

미술학과 나왔다고 축구장 라인을 만들 줄 아는 건 아닙니다. 하지만 군대에서는 그게 통합니다. 미술=그림=선 긋기=축구장 라인. 완벽합니다.

"자. 다음. 전기과 손들어."

"이병 김철수!"

"좋아. 중대 형광등 나간 거 오늘 다 갈아."

"전기 기사 자격증은 없습니다."

"괜찮아. 네가 제일 믿음직해."

전기과 나왔다고 형광등 갈 줄 아는 건 아닙니다. 하지만 군대에서는 그게 중요하지 않습니다. 전기과=전기=형광등. 역시 아주 논리적입니다.

"그다음에 보자. 음대 나온 사람 손!"

"이병 윤도현!"

"그래. 오늘 저녁에 노래 한 곡 필요하다."

"어떤 곡 말씀이십니까?"

"오늘은 사가(사제 노래)로 하자. 잘 부르는 걸로 몇 개 뽑아서 적어 와."

"예. 알겠습니다."

음대 나왔다고 다 노래를 잘하는 건 아닙니다. 피아노 전공일 수도 있고, 작곡 전공일 수도 있습니다. 하지만 군대에서는 그런 거 안 따집니다. 음대=음악=노래. 완벽한 논리입니다.

"자. 다음에는 건축학과 손들어!"

"이병 고길동!"

"그래. 행보관 따라와. 같이 가서 재떨이 만들자."

건축학과 나왔다고 재떨이를 만들러 나가자는 건 무슨 논리인가요? 누가 건축학과 가서 재떨이나 만듭니까? 하지만 건축학과니까 뭔가 만들 줄 알겠죠. 건축=건물=만들기=재떨이. 이것 또한 논리적입니다. 한편으로는 이해되고, 한편으로는 그런 일을 하는데, 그렇게나 고급 인력이 필요할까 하는 의문이 드는 곳이 바로 군대입니다.

더 황당한 이야기도 있습니다. 모 예비역은 사단에서 "서울대 손들어 봐" 해서 손든 동기가 사단 행정병으로 빠지는 걸 보고 '아, 행정병 편하다는데, 나도 행정병 가고 싶다'며 연대에는 꼭 남겠다고 생각했습니다. 조교가 타자 빠른 사람 있냐고 물어보니 손을 번쩍 들었습니다.

"123번 훈련병 홍길동. 타자 빠릅니다!"

물론 거짓말이었습니다. 키보드는 지금까지 만져보지도 못한 물건이었습니다. 그렇게 그는 행정병으로 배치되었고, 그 사실이 너무나 기뻤습니다. 연대 행정병으로 남을 수 있었으니까요. 그런데 문제가 생겼습니다. 행정실에 배치되자마자 고참이 지시했습니다.

“야, 이거 오늘까지 다 쳐놔.”

“예. 알겠습니다.”

사실 이날 키보드를 처음 봤습니다. 독수리 타법으로 한 글자 한 글자 찾아가며 쳤습니다. 고참이 어이없는 표정을 지으며 물었습니다.

“야, 너 타자 빠르다며?”

“빠릅니다.”

“하!~~~”

결국 거짓말이 들통났습니다. 완전군장 하고 1주일 동안 연병장을 뛰었습니다. 연병장을 뛰며 다짐했습니다. ‘내가 1주일 안에 600타를 완성하고 만다.’ 그렇게 시간이 날 때마다 미친 듯이 타자를 연습했습니다. 하는 김에 단축키도 다 외워 버리고 1주일 후, 정말로 600타를 찍었습니다. 그렇게 그는 진정한 행정병이 됐습니다. 거짓말로 시작했지만 결국 진짜가 되었습니다. 안 되면 되게 하라! 불가능을 가능케 하는 곳이 바로 군대입니다.

또 다른 이야기도 있습니다. 외출 날 동기 아버지 차 트렁크에 동기랑 둘이 숨어서 서울까지 나왔습니다. 무사히 서울에 도착했고, 하루를 신나게 놀았습니다. 문제는 돌아가는 길이었습니다. 버스에서 잠이 들었습니다. 포천에서 내려야 하는데 철원까지 갔습니다.

“어? 여기 어디야?”

“… 철원.”

"우리 포천에서 내려야 했는데."

부랴부랴 내렸지만 이미 늦었습니다. 헌병이 다가왔습니다.
"충성. 휴가 나오셨습니까? 휴가증 확인하겠습니다."
"그게. 저… 야! 튀어."
그렇게 헌병에게 끌려갔습니다. 그 이후에 어찌 되었는지는 상상
에 맡기겠습니다.

그는 탄약을 관리하는 행정병이기도 했습니다. 늘 탄피를 주머니
에 여분으로 들고 다녔습니다. 탄피와 A급 보급품 가지고 딜을 해서
휴가증을 득템하기도 했습니다. 지금 생각하면 말도 안 되는 일이지
만 그때는 그게 통했습니다. 군대에는 이렇게 말도 안 되고, 웃긴 이
야기들이 많습니다. 하지만 웃기지 않은 이야기도 있습니다.

위와 동일 인물의 이야기입니다. 그에게는 가장 친한 동기 형이 있
었습니다. 같은 날 입대해서 같은 내무반에서 생활하고, 같은 훈련을
받았던 형이었습니다. 어느 날 그가 휴가를 나가 있던 동안 부대에서
는 폭탄 해체 작업이 있었습니다. 행보관님과 몇몇 병사들이 작업에
투입되었습니다. 동기인 그 형도 그중 한 명이었습니다. 그런데 폭발
사고가 났습니다. 동기였던 형은 그 자리에서 숨졌습니다. 함께 작업
하던 행보관님은 그 일로 의가사 제대를 하였습니다. 하필 그날은 어
버이날이었습니다. 휴가에서 돌아온 그는 아무 말도 하지 못한 채 고

개만 떨구었습니다. 며칠 전까지만 해도 서로 의지하며 같이 농담하고, 같이 밥 먹고, 제대 후의 이야기를 하며 같이 잠들었던 형이 이제 더 이상 없었습니다.

'왜 하필 내가 휴가 나간 날이었을까.'
그는 자책했습니다. 내가 있었으면 막을 수 있었을까. 아니면 나도 같이 갔을까? 답은 없었습니다. 전역하고도 한참 동안 어버이날만 되면 대전 현충원에 갔습니다.

"형, 나 왔어. 잘 지내고 있지?"
대답은 없었습니다.

"올해도 왔네. 형은 여기서 시간이 멈췄는데, 나는 계속 늙어가고 있네."
묘비 앞에 앉아 한참을 있다가 돌아왔습니다.

매년 어버이날이 되면 그곳에 갑니다. 비가 오고, 눈이 올 때도 갔습니다. 그를 기억하는 사람이 자신이라도 있어야 했으니까요. 세월이 흘러 이제 그도 나이가 들었습니다. 결혼하고, 아이가 생기고, 직장 생활을 하면서도 어버이날만 되면 대전 현충원에 갔습니다.
"형, 나 결혼했어. 애도 생겼어. 형은 못 보겠지만."
"형, 내일 애가 군대 간대. 우리 애가 벌써 형이 갔던 나이가 됐네.

잘 지내지?"

"형, 나 이제 머리가 하얗게 셌어. 형은 그때 그 모습 그대로인데."

그렇게 그 이후로 지금까지 시간이 한참 흘렀습니다.

하지만 그의 시간은 지금도 그대로입니다.

군대는 그런 곳입니다.

웃기고, 황당하고, 별의별 일이 다 일어나지만 동시에 슬프고, 아프고, 잊을 수 없는 곳입니다. 그래서 남자들은 늙어 죽을 때까지 군대 이야기를 하고, 또 하고, 또 합니다. 가끔은 웃으면서, 가끔은 눈물 흘리면서 말이죠.

사랑하는 아들은 보급품 쟁탈전이 있었던 날이라고 합니다.

하지만 누군가에게는 의미 있는 사람을 아직도 보급받지 못한 상실의 시기로 기억될 수도 있겠습니다.

23

4차 전투 뜀걸음 | 아직도 전역하지 못한 꿈속
입대 24일 차 | 2025년 12월 10일 (수) | D-9

〈아들의 시간〉

오늘은 드디어 D-Day 두 자릿수가 깨지는 날이다.

기지 방호 2와 4차 전뜀이 있는 날이기도 하다.

오전에는 별거 안 하고 책상에 앉아서 대기했다.

와. 오늘 점심은 랍스터 치즈구이랑 크리스피도넛 나왔다!

맛있게 먹었다.

오후에는 어제에 이어 기지 방호 2를 했다.

그냥 어제랑 같은 거 반복 숙달했다.

그리고 바로 장구류만 해제하고 4차 전투 뜀걸음을 하러 갔다.

4차 전뜀은 3km이다.

오늘은 컨디션도 좋아서 잘 뛸 수 있었다.

체력이 조금 좋아진 것 같다.

이렇게 큰 훈련이 또 하나 끝났다!

저녁을 먹고 와서 정훈교육 듣고 있다.

수업 시작하기 전에 잠시 쉬라면서 노래 두 곡 틀어줬는데, '사랑하게 될 거야'랑 백예린 노래 하나 들려줬다.

선곡 센스가 너무 좋다.

애들 다 잘 들었다고 박수 쳤다. ㅋㅋㅋ

지금 또 쉬는 시간 주면서 잔나비 노래 틀어주는데, 감다살이다.

교육 듣고 생활관 돌아와서 점호하고 샤워했다.

엄마가 보낸 편지도 읽었다.

엄마 보고 싶다.

아빠도 보고 싶다.

아~ 집 가고 싶다~

자야지..

※ 감다살: '감이 다 살아 있다'의 줄임말로, 센스·상황 파악·타이밍이 뛰어나다는 칭찬 표현입니다. '센스 있다', '요즘 유행을 제대로 알고 있다', '선택이 너무 적절하다'는 뜻으로 가볍고 위트 있게 씁니다. 플레이

리스트 선곡, 패션 코디, 밈과 유행어, 댓글 타이밍이 완벽할 때 자주 쓰입니다. '감다살'은 칭찬, '감다뒤'는 '감이 다 죽었다'로 정반대 의미 입니다. '감다뒤'는 장난 섞인 가벼운 비판 뉘앙스이며, 공적인 자리에 서는 피하는 것이 좋습니다.

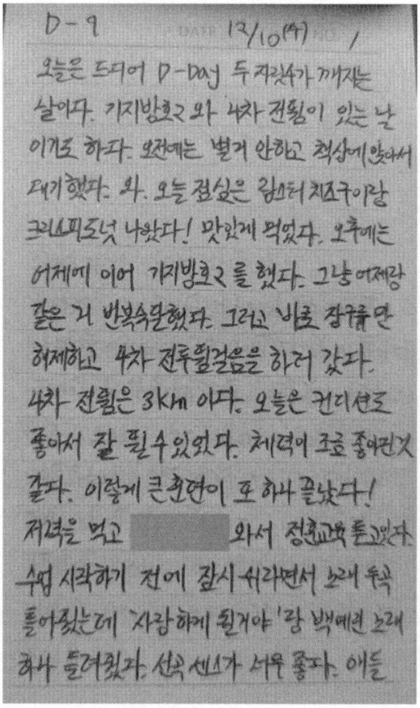

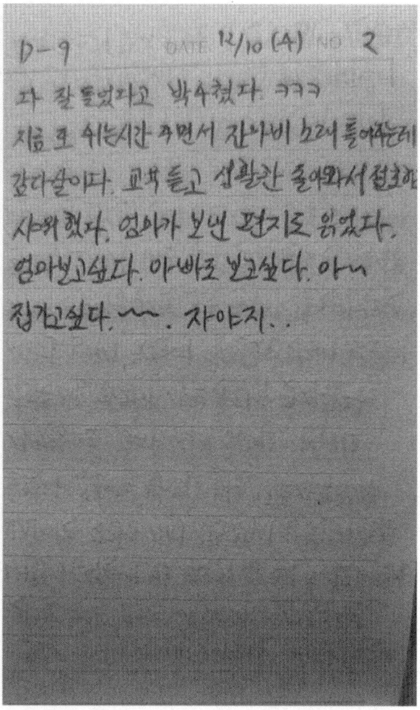

〈아버지의 시간〉

D-9.

이제 수료식 날이 한 자릿수로 다가왔습니다.

기훈단에 있는 아들들에게 이제 빛이 조금 보입니다.

9일만 더 있으면 사회 공기를 맡을 수 있으니까요.

얼마 전 군대 꿈을 꿨습니다.

모든 예비역이 가장 꾸기 싫어하는 악몽이 바로 군대 꿈입니다. 입대하는 꿈을 꿨는데, 그게 꿈이어서 다행이라며 일어났는데, 내무반에서 일어나는 꿈을 꾼 적도 있습니다.

사랑하는 아들이 입대한 후 매일 옛날 군대 이야기를 떠올리며 글을 써서 그런지 몰라도 전역한 지 30년 만에 정말 오랜만에 군대 꿈을 꿨습니다. 사회에 나와 있던 제가 오랜만에 병장으로 자대 복귀했는데, 일이 병 시절 지독하게 후임들을 괴롭히던 악마 기수 고참들이 아직도 전역하지 않고 내무반에 나자빠져 있더군요.

"어!~ 왔냐?"

고개를 돌리며 인사하는 고참들을 보고 깜짝 놀라 잠에서 깼습니다.

'하!~ 저 자식들은 왜 제대를 안 하는 거지?'

4시 10분.

더러운 기분으로 깬 순간 저도 모르게 욕이 튀어나왔습니다. 평소에 욕을 하지 않는데 말입니다. 그 후로 한동안 잠이 오지 않았습니다. 그 고참들의 얼굴이 선명하게 떠올랐습니다. 목소리도, 말투도,

그들이 후임들을 대하던 방식도 모두 기억났습니다. 고참 기수 중 악마 동기 기수가 2명, 그리고 그 밑에 또 악마 동기 기수가 3명 있었습니다. 그렇게 5명이서 전 소대를 쥐락펴락했었죠. 환경이 사람을 만든다고는 하지만 타고난 천성 자체가 그런 것 같기도 합니다. 훈련이 힘든 건 참을 수 있지만 사람이 힘든 건 참기가 힘듭니다. 그것도 이유 없이 재미로 괴롭히니 상대는 얼마나 힘들었을까요.

"야. 이거 똑바로 안 해?"
"죄송합니다."
"죄송하면 군 생활 끝나?"
"아닙니다."
"여기가 안이지 밖이야?"
"아닙니다."
"여기가 밖이냐고."
"안입니다."
"뭐? 아니라고?"

재미도 없는 말장난으로 끊임없이 후임을 괴롭힙니다. 한두 번이 아니라 재미도 없습니다.

어떤 날은 근무를 서고 내무반으로 들어왔는데, 평소 탐탁지 않게 생각했던 상병 하나가 후임들 관물대를 뒤지고 있었습니다. 평소에 돈이 종종 없어진다는 말을 들었는데, 증거를 잡은 겁니다. 그 상병

194

놈은 당황하더니 이렇게 말합니다.

"야. 뭐? 책 좀 빌려 보려고 찾고 있었어. 뭐 어쩌라고?"

그러더니 밖으로 나가 버립니다. 평소에 그놈이 책 읽는 걸 단 한 번도 보지 못했습니다.

또 하루는 상병이 뭐가 마음에 안 들었는지 건물 뒤편으로 후임들을 집합시킵니다. 화를 내기 시작하더니 본인 화에 더 화가 나서 때리기 시작합니다. '목침'이라는 게 우리 전통이라며 "제껴"라고 합니다. 그럼 모두 서서 뒷짐을 지고 고개를 한쪽으로 꺾습니다. 그럼 주먹이나 손날로 목을 사정없이 내려칩니다. 순간적으로 경동맥으로 통하는 피가 멈춥니다. 목침을 맞은 후임들이 한 명씩 고꾸라집니다. 살인미수와 다를 바 없습니다. 그렇게 고참은 후임들이 쓰러진 걸 보고 만족하는지 조금 더 난리를 치다가 정리하고 들어오라며 먼저 들어갑니다. 본인 감정만 정리하면 모든 게 정리가 될 텐데 말이죠. 후임들끼리 모여서 담배를 꺼내 뭅니다.

"하!~~~ 더러워서 못 해 먹겠다. 정말."

"제대하고 나면 내가 꼭 찾아간다. 진짜."

이유는 없습니다. 그냥 심심해서, 재미로, 기분이 안 좋아서 괴롭히는 겁니다. 다들 힘든 시기인데, 왜 그랬는지 모르겠습니다. 밖에서는 아무것도 아닌 사람들이 그 시절 그곳에서만 왕 노릇을 하려고 그랬던 게 아닐까 싶습니다. 피해의식과 본전 생각이 곁들어져서 나오는 감정 표출이 아니었을까요?

'나도 이만큼 당했으니 너도 당해야지.'

'내가 언제 이렇게 살아 보겠어.'

그런 생각들 말이죠. 실제 그렇게 말하는 사람도 봤습니다.

어찌 되었건 정신 이상자들이 참 많았습니다. 심지어는 후임병들끼리 "전쟁 나면 쟤 먼저 쏴 죽이고 적군들 잡을 거야."라고 입버릇처럼 말했던 시절입니다. 군대 관련 드라마에서 총기 난사 사건이 일어나는 게 결코 과장된 게 아닙니다. 그 정도로 극단적인 생각을 하게 만드는 곳이 군대였습니다.

지역별로 골고루 기억납니다. 이름도 얼굴도 잊을 수가 없습니다. 전역하고 두고 보자 했는데, 지금까지 볼 일이 없었습니다. 하긴 보면 또 어쩌겠습니까. 시원하게 욕이나 한마디해 주겠지요. 아니면 그냥 모른 척 지나가거나요. 그저 잊는 게 상책입니다. 하지만 완전히 잊을 수는 없습니다. 가끔 이렇게 꿈에 나타나니까요.

남자들이 PTSD로 군 시절을 정말 떠올리기 싫어하면서도 역으로 군대 이야기를 계속하는 이유는 그렇게라도 해서 지난 시간에 대한 보상을 받기 위함이 아닐까 싶기도 합니다.

"야, 우리 때는 말이야."

"군대에서는 말이지."

이렇게 웃으면서 이야기를 시작하지만, 속으로는 아픈 기억들이 많을 겁니다. 그걸 말로 풀어내며 조금씩 치유하고 있을지도 모릅니다. 여러모로 불쌍한 사람들입니다. 이유 없이 괴롭히기, 때리기, 고문하기, 성희롱하기, 후임병 관물대 돈 훔치기 등 가혹행위란 가혹행위는 다 일어났습니다. 제가 그런 아픈 기억이 있기에 지금 아들의 군대에서는 많은 것들이 달라지길 기도하고 있는지도 모릅니다.

아들과 통화하면서 그날의 악몽을 이야기해 줬습니다.
"너희는 그런 군 생활을 안 겪었으면 좋겠다."
"아빠, 지금은 많이 나아졌대요."
"그래. 다행이다."

정말 다행입니다. 요즘 군 생활 부조리를 현격히 줄인 일등 공신이 바로 휴대전화 사용이라고 합니다. 물론 작용이 있으면 반작용이 있는지라 안 좋은 점도 있겠죠. 폰 보느라 군기가 빠진다는 말도 있고요. 하지만 폰 보느라 후임들 괴롭힐 시간이 없다는 우스갯소리도 있습니다. 주위에 이 말을 해 주니 "후임들 괴롭히는 것보다 폰 보는 게 재밌으니까"라고 합니다. 맞는 말 같습니다. 예전에는 폰이 없으니 어떻게라도 무료한 시간 때우려고 후임을 괴롭혔는데, 폰이 있으니 그 반작용으로 후임들 괴롭히는 시간이 줄어들겠더군요. 군대에 폰이 보급된다고 해서 당나라 부대가 되겠다며 걱정했는데, 그렇게 생각하니 좋은 점도 있네요. 기술의 발전이 인권을 개선한 사례라고 봐도 되겠습니다.

군대라는 곳은 누군가에게는 평생 잊을 수 없는 트라우마를 남기는 곳 같습니다. 저로 인해 트라우마가 남은 사람도 있을런지 모르겠습니다. 그 생각을 하니 미안해집니다. 저도 완벽하지 않았으니까요. 후임들에게 좋은 선임이었다고 자신할 수 없습니다. 분명 저도 누군가를 힘들게 했을 겁니다. 의도했건 의도하지 않았건 그 시스템 안에서는 저 또한 한 사람의 피해자이자 방관자이자 가해자였을 수도 있습니다. 군대는 그런 곳이었습니다. 언제라도 피해자였다가 가해자가 되기도 하고, 방관자가 되기도 하는 곳입니다. 오늘 나를 괴롭히던 고참이 내일은 전역하고, 그러면 나는 후임들 앞에서 선임이 됩니다. 그리고 알게 모르게 나도 그렇게 변해 갑니다.

'나는 안 그럴 거야.'
'나는 고참이 되면 후임들에게 잘해 줄 거야.'
'모든 부조리를 다 없앨 거야.'
다짐합니다. 하지만 굳이 지키지 않아도 아무 일 없습니다. 내 후임이 더 후임에게 뭐라 하면 "야. 시끄럽다. 안 보이는 데 가서 해라."라며 언제 그랬냐는 듯 순식간에 방관자가 됩니다. 이제는 나와 상관없다는 거죠. 그래서 더 잊고 싶은데, 너무 강렬한 기억이라 더 잊을 수가 없는 곳이 군대입니다.

예비역들은 지금도 가끔 꿈에서 그 시절로 돌아갑니다. 내무반 침상에 누워서 고참 눈치를 보며 눈을 감고 숨죽이고 있습니다. 언제 불려 갈지 모르는 불안감 속에서 말이죠. 그리고 깨어나면 안도합니다. '아, 꿈이구나. 다행이다.'

이불이 땀으로 젖어 있습니다. 심장이 빠르게 뜁니다. 한동안 현실로 돌아오지 못합니다. 하지만 누군가에게는 그게 꿈이 아니라 지금까지도 이어지고 있는지 모릅니다. 아직도 그때의 기억에서 벗어나지 못한 채 PTSD로 고통받는 사람들이 분명히 있을 겁니다.

그 시절, 그곳에서 대한민국 예비역들 참 고생 많으셨습니다. 그리고 지금도 어딘가에서 힘들게 버텨 내고 있을 현역 장병들, 조금만 더 힘내시길 바랍니다. 군대 내 부조리를 모조리 찾아내 없애야겠지만 폐쇄된 곳의 특성상 시간이 얼마나 걸릴지 모릅니다. 영원히 불가능할지도 모르고요. 시간이 흘러야겠지만 그래도 조금씩 나아질 겁니다. 나아져야 하고요.

군인 아들들. 오늘도 그대들의 헌신으로 우리가 편히 잠들 수 있습니다.
고맙습니다.

24

별똥별 본 날 | 똥국과 뽀글이, 그리고 냉동만두
입대 25일 차 | 2025년 12월 11일 (목) | D-8

〈아들의 시간〉

오늘은 5시 55분에 일어났다.

이제 조금 적응이 된 것 같다.

오늘은 아침부터 비가 부슬부슬 내렸다.

덕분에 밥 먹으러 갈 때 우의도 써봤다.

오전에는 2강당 가서 정훈교육과 안전 관리 수업을 들었다.

오후에는 밥 먹고 바로 기록 사격하러 사격장으로 갔다.

호실 복귀해서 교육 듣다가 특기 분류 확인하러 왔다.

특학 열심히 해서 내가 원하는 곳으로 가야겠다.

저녁 먹고 야간 기지방어 학과 들으러 갔다 왔다.

훈련 끝나고 대 연병장에 누우라 해서 누웠더니 별이 보였다.

예뻤다.

끝나고 와서 점호했다.

샤워도 했다.

이제 실습/이론 평가만 하면 수료다!

화이팅!

자야지.

아 맞다!

연병장에서 대대 복귀 준비하고 있을 때 별똥별 봤다!

진짜 순식간에 지나갔다.

소원도 빌었다. 헤헤.

진짜 자야지.

※ 오늘 아들의 일기는 모자이크가 많습니다. 군사기밀이라 할 만한 사항
　 은 아닌 듯한데, 혹시 문제가 될 수도 있어서 모자이크 처리했사오니
　 양해 구하겠습니다. 군대는 임의 추정하면 안 되니까요!

※ 야간 기지 방호: 야간에 적의 기지 침투를 가정해 경계·수색·제압 절
　 차를 숙달하는 훈련으로 기지 생존확률과 항공작전 수행 보장을 목표
　 로 합니다. 군사 작전 시 침투는 보통 야간에 이루어집니다. 야간 기지

방호 훈련받으며 야간에 기지 방호를 하는 것의 중요성을 깨달았을 테지요. 군대에서는 일 년에 몇 번씩 야간 훈련이 가끔 이루어집니다. 야간 훈련은 가끔 하니 할 만하지만 거의 매일 이어지는 야간근무는 참 피곤한 일입니다. 특히 내가 싫어하는 고참과 한 조로 야간근무를 나가면 그야말로 곤욕입니다. 고참이 심심한 날에는 끊임없이 고참을 즐겁게 해야 하고, 고참이 피곤한 날에는 전반적인 분위기 자체가 피곤해집니다. 특히 새벽 2~4시(둘네 시) 야간근무는 다음 날 피곤함에 찌들어 버리는 그야말로 최악의 시간입니다.

〈아버지의 시간〉

요즘 군대 식단에 랍스터와 스테이크가 나온다는 뉴스를 접하면 격세지감을 느낍니다.

제가 기억하는 군대의 맛이란 '똥국' 그 메뉴 하나가 군대 식단을 대변합니다. 똥국은 건더기가 부실하고 색깔이 탁해 붙여진 이름으로 군대 된장국을 비하해서 부르는 은어입니다. 예비역들에게는 식단 불만의 대표적인 메뉴입니다. 투명하리만치 맑은 국물에 흐물흐물한 두부 몇 조각이 떠다니던 똥국과 오징어가 살짝 들어갔다 헤엄치고 나온 것 같은 정체를 알 수 없는 오징어 국, 그리고 사계절 내내 식판 한구석을 차지하던 무채가 전부였으니까요. 아. 가끔 말라비틀어진 치킨도 나왔습니다. 껍질은 질겼고, 속은 퍽퍽했습니다. 그래도 고기라는 이유만으로 즐거웠습니다.

돼지 콜레라가 창궐하면 돼지고기가 자주 나오고, 조류 인플루엔자가 돌면 치킨이 자주 나온다는 유언비어도 있었습니다. 병든 고기를 군에 푸는 건 제도적으로 불가능하지만, 그때는 다들 그렇게 믿었습니다.

"야."
"이병. 홍길동."

"뉴스에서는 난린데, 왜 맨날 이게 나오냐?"
"잘 모르겠습니다."
"군인이 마루타야?"
"아닙니다."
"에이. 더러워서 먹어야지."
"맛있게 드십시오."

군 급식처럼 대량으로 장기 계약을 하는 구조는 이미 계약된 물량을 그대로 소진하는 경우가 많습니다. 병이 돌고 있는 시기와 고기반찬이 자주 나오는 시기가 겹쳐 보인 것일 테지요. 그래서 그런 이야기가 만들어지고 그게 전설처럼 굳어진 것입니다.

30년 전. 그 시절 식판 위에는 밥을 먹는다는 즐거움보다는 그저 배가 고파서 먹었습니다. 배는 고픈데 젓가락은 갈 곳이 없고, 그나마 배불리 먹을 수 있는 건, 식당에서 먹는 짬밥뿐이었습니다. 그래서 그 당시 군인들에게는 PX가 성지와도 같았습니다. 그 허기를 달래 줄 수 있는 유일한 탈출구는 PX였지만, 그 문턱은 생각보다 높았습니다. 고참들의 눈치가 보여 감히 PX 근처는 얼씬도 못 했습니다. 상병이나 되어서야 겨우 눈치를 보며, 냉동 만두 하나를 전자레인지에 돌려 먹을 수 있었습니다. 타이머도 필요 없습니다. 냉동만두를 봉지째 전자레인지에 넣은 후 봉지가 '뻥' 터지면 꺼내서 고추장에 찍어 먹습니다. 그럴 때면 "하!~~~ 이게 사람 사는 맛이지"라며 군 생활의 즐거움을 잠시나마 느낄 수 있었습니다. 냉동 만두 하나가 그렇게 맛있을 수가 없었습니다. PX에서 파는 라면 한 봉지, 초코파이 한 개가 세상 그 어떤 음식보다 소중했습니다. 꽁꽁 짜장이라도 하나 먹으면 그날은 명절이었습니다.

후임병들은 밥을 먹고 난 후 식당에 갈 때 가지고 간 커다란 플라스틱 통에 밥을 가득 담아 옵니다. 고추장 통에 고추장도 담고, 취사병들에게 부탁해서 가끔 참기름도 한 통씩 받아 옵니다. 김치 통에 김치도 가득 담고요. 야간근무를 마치고 돌아온 근무자들을 위해서 그렇게 요깃거리를 준비합니다.

한창 먹을 나이인 청춘들은 돌아서면 배가 고픕니다. 매일 새벽에 2시간씩 야간근무를 마치고 돌아오면 허기진 배를 부여잡고 내무반에서 조용히 먹거리를 찾아서 휴게실로 향합니다. 식판에 밥을 담고, 고추장을 한 숟가락 넣고, 참기름을 두르고 비벼서 김치와 함께 먹으면 그렇게 맛있을 수가 없습니다.

짬이 차면 뽀글이도 먹을 수 있습니다. 졸병 때도 가끔은 좋은 고참과 함께 야간근무를 다녀오면 운 좋게 뽀글이를 하나 얻어먹을 수가 있었습니다. 봉지 라면에 뜨거운 물을 부은 후 나무젓가락으로 봉지 위를 콕 집은 후 라면을 팅팅 불려서 먹는 것인데, 이게 그렇게 맛있을 수가 없습니다.

"야, 뽀글이 하나 먹을래?"

"이병. 홍길동. 괜찮습니다."

"괜찮기는. 옜다. 하나 먹어라."

"예. 감사히 잘 먹겠습니다."

고참이 건네주는 뽀글이 하나가 그렇게 고마울 수가 없습니다. 뜨거운 물을 부어 5분 넘게 기다립니다. 컵라면과 달리 봉지 라면은 면발이 굵어서 팅팅 불어 터질 때까지 오래 기다려야 합니다. 시간이 충분히 지나 식판에 라면을 부으면 김이 모락모락 올라옵니다. 그 위에 밥을 말아 먹습니다.

식판 한쪽에는 라면, 한쪽에는 밥, 그리고 김치까지 준비되었습니다. 뜨거운 국물을 한 모금 마시면 속히 확 풀리는 게 세상 어느 진수성찬보다 맛있습니다. 그때 먹은 뽀글이가 왜 그렇게 맛있었을까요. 고참의 작은 배려 덕분이었는지도 모르겠습니다.

가끔 돈가스도 나왔습니다. 하지만 그 돈가스는 우리가 아는 그 돈가스가 아닙니다. 얇디얇은 고기에 튀김옷도 얇게 입혀진, 씹으면 기름이 흘러나오는 그런 돈가스였습니다. 그래도 고기 냄새라도 맡을 수 있다는 이유로 돈가스가 나온다는 소식이 들린 날만큼은 식사 시간이 기다려졌습니다.

그나마 후방 부대는 양반이었습니다.

전방 오지에 있는 장병들에게는 황금마차가 유일한 구원이었습니다. 황금마차는 매점이 없는 격오지 부대를 위해 간식과 생필품을 싣고 방문하는 이동식 매점 차량입니다. 주로 노란색이라 황금마차라 불리며, 군인들에게는 세상에서 가장 반가운 자동차입니다. 아마 부모님이 차로 데리러 와도 황금마차보다는 반갑지 않을 겁니다.

먼발치에서 오는 황금마차의 노란 차체만 보여도 온 부대가 술렁입니다. 흙먼지를 일으키며 들어오는 그 차 안에 든 초코파이와 음료수가 세상 그 어떤 음식보다 달콤했습니다. 사제 음식에 갈증 난 영혼들에게 황금마차는 이름 그대로 황금을 가득 싣고 오는 마차와도 같았습니다. 황금마차가 오는 날은 부대 전체가 설렙니다. 평소에는 무표정하던 병사들도 그날만큼은 눈이 반짝입니다. 초코파이 두 개, 과자 하나, 콜라 한 병이면 그날 저녁은 그 어느 때보다도 행복합니다.

휴가를 나가면 제일 먼저 하는 일이 먹는 것입니다. 집에 가는 길에 편의점에 들러 김밥과 컵라면, 그리고 초코바를 사서 먹습니다. 그게 그렇게 맛있을 수가 없습니다. 집에 도착하면 어머니가 해 주시는 밥이 기다리고 있었지만, 그 전에 뭐라도 먹어야 했습니다. 부대 음식에 지쳐 있던 입에는 편의점 음식조차 산해진미였으니까요.

그런데 오늘 아들의 일기를 보니 비 오는 날 우의를 입고 밥을 먹으러 가면서도 투정 하나 없습니다. 오히려 밤하늘의 별을 보고, 별똥별에 소원을 빌었다는 아들의 감수성을 보며 생각에 잠깁니다. 배고픔과 부조리에 찌들었던 우리 세대의 군대와 달리 이제는 하늘의 별을 보며 소원을 빌 수 있는 마음의 여유가 생겼다는 사실이 못내 고맙고 다행스럽습니다.

아들과 통화할 때 소원을 말하면 이루어지지 않으니 무슨 소원을 빌었는지는 안 물어보겠다고 했습니다. 대신에 그 소원이 이루어졌는지 물어보니 하나는 이루어졌다고 했습니다. 도대체 몇 개의 소원을 빌었냐고 물어보니 별똥별이 지나가는 짧은 순간, 눈을 감고 소원 열 개를 빌었다고 하더군요. '내가 눈을 감고 있는 동안에는 내 눈에 담긴 별똥별이 계속 지나가고 있을 테니까'라고 말하던데, 곁에 있었다면 꼭 안아 주고 싶었습니다. 저는 생각지도 못했는데, 그야말로 우문현답(愚問賢答)입니다.

군대가 변했습니다.

하늘의 별을 올려다보며 낭만을 찾고, 바깥 음식보다 더 나은 군대 음식이라니 정말 다행입니다. 저희 때와 같은 군 생활을 하지 않아서 말이죠. 지금도 가끔 냉동 만두를 전자레인지에 돌려 먹을 때가 있습니다. 그 시간이면 '프루스트의 마들렌'처럼 그 시절의 기억이 무척이나 강렬하게 되살아나곤 합니다.

오래전 대한민국 예비역들. 똥국으로 긴 군 생활 버텨 내느라 참으로 고생 많으셨습니다.

※ 냉동식품: PX에서 파는 짜장, 만두, 치킨, 강정 등의 전자레인지 조리용 냉동식품입니다. 과거 군인들에게는 최고의 특식이었으며, "냉동 돌리러 가자."라는 말은 곧 회식을 의미했습니다.

※ 둘네 시(02시~04시) 근무: 야간근무 시간대 중 가장 꺼리는 시간입니다. 잠이 가장 깊이 들었을 때 깨어나야 하고, 근무 후 복귀해도 금방 기상 시간이 다가와 피로도가 극심합니다.

※ 짬이 차다: 짬은 군대에서 먹다가 남긴 밥을 이르는 말입니다. 군대 생활에서의 경력과 연륜을 비유적으로 말할 때 쓰이며, 다른 일에서의 경력이나 연륜을 말할 때도 쓰입니다. 따라서 군대에서 말하는 '짬밥'은 밥을 뜻하기보다 군 생활을 하며 쌓인 시간과 경험을 의미합니다. '짬이 찼다'는 말은 그만큼 군대 생활에 익숙해지고 요령과 감각이 생겼다는 뜻이며, 흔히 고참이 되었음을 비유적으로 표현할 때 쓰입니다.

※ 프루스트의 마들렌: 마르셀 프루스트의 『잃어버린 시간을 찾아서』에서 홍차에 적신 마들렌을 맛보는 순간, 과거의 기억이 강렬하게 되살아나는 장면을 가리키는 표현입니다.

25

할아버지의 편지
3대를 잇는 편지와 눈물 젖은 컬렉트콜
입대 26일 차 | 2025년 12월 12일 (금) | D-7

〈아들의 시간〉

D-7

드디어 마지막 금요일이다.

오늘은 종합실습 평가가 있었다.

화생방 평가와 각개전투 평가가 있었다.

화생방 평가 볼 때 진짜 너무너무x100 추웠다.

몸이 얼어서 어깨에 담 왔다.

암튼 이어서 각개전투 평가 봤는데…

개망한 것 같다.

동작 밀려서 뒤에 싹 나간 것 같은데…

아무튼 뭐 그렇게 해서 종.실.평이 끝났다!~

오후에는 ○○○ 가서 이론학과 3시간 동안 들었다.
듣고 저녁 먹고 호실 복귀해서 책상에 앉아서 쉬었다.

쉬다가 행정 근무가 편지 가져다줬는데, 할아버지가 편지 또 보냈
다. ㅋㅋㅋ

샤워하고 청소하고 점호도 했다.
내일은 주말이다.
자야지~!

<아버지의 시간>

옛날 그 시절에는 편지 한 장의 설렘과 수신자 부담으로 하는 전화 한 통에 담긴 간절함이 있었습니다.

지금이야 스마트폰 하나면 세상 끝에 있는 사람과도 실시간으로 얼굴을 맞대고 대화하는 시대입니다. 하지만 30년 전 군인들에게 편지는 사회라는 미지의 세상에서 떠내려온 병 속의 메시지와 비슷했습니다.

편지를 들고 건물 바깥의 휴게실 햇살 아래로 향합니다. 떨리는 손으로 우표 붙은 봉투를 뜯을 때의 그 설렘은 어떤 선물보다 소중했습니다. 남자들만 있는 곳의 냄새와 먼지 가득한 군대에서 유일하게 허락된 사회의 향기이자 삶의 활력소였습니다.

그 시절 군인은 참 집요하고, 또한 정에 굶주렸던 것 같습니다. 조금이라도 인연이 닿았던 여자 사람이라면 초등학교 동창부터 과 후배, 심지어 여동생의 친구까지 소개받아 편지를 주고받습니다.

'군대 오니 네 생각이 나더라.' 평소라면 낯간지러워 입 밖에도 못 꺼낼 문장들을 정성스레 꾹꾹 눌러 썼습니다. 편지 한 통이라도 더 받고 싶어 밤마다 감성 가득한 문장들을 쥐어짜며 편지를 구걸하던 그 시절의 시간이 지금 이렇게 글을 쓰는 데 조금이나마 도움이 되는지도 모르겠습니다. 답장이 오는 날은 온종일 세상을 다 가진 기분이었습니다. 때로는 향수 냄새가 은은하게 배어 나오는 편지 한 통에 내무반 고참들이 "야, 이거 누구냐? 사진 없냐?"라며 달려들기도 했습니다.

편지 한 통이 내무반 전체의 분위기를 화기애애하게 만들기도 했습니다. 반대로 편지가 오지 않아 독이 잔뜩 오른 고참 때문에 소대 전체가 얼차려를 받는 나비효과가 일어나기도 했던 참으로 낭만적이면서도 서글픈 시절이었습니다.

편지만큼이나 사람을 애태웠던 것은 바로 컬렉트콜(수신자 부담 전화)이었습니다. 공중 전화기 앞에 길게 늘어선 줄 뒤에서 내 차례가 오기만을 기다리며 만지작거리던 것은 동전이 아니라 혹시나 전화를 안 받을까 싶은 걱정과 간절함이었는지도 모르겠습니다.

"수신자 부담 전화입니다. 받으시겠습니까?"
기계음 뒤에 이어지는 침묵의 1초. 잠시 후 상대방이 전화를 수락하는 순간 세상과 연결되었다는 안도감에 목소리가 떨리곤 했습니다. 비싼 전화요금을 감수하며 기꺼이 내 목소리를 들어주던 가족과 친구들이 지금 생각해도 참 고맙습니다. 가끔 전화기가 먹통이 되거나 상대방이 거절을 눌렀을 때의 그 공허함은 차디찬 겨울바람보다 더 매서웠습니다. 그 시절 컬렉트콜은 단지 전화를 주고받는 것에 그치는 것이 아니라 군대에 와 있는 내가 여전히 누군가에게 잊혀지지 않은 소중한 사람인지 확인받고 싶어 했던 청춘들의 열망이 아니었나 싶습니다.

그런데 오늘 아들의 일기를 보니 묘한 뭉클함이 느껴지더군요. 아들의 일기장 속에는 제가 기대했던 여사친들의 이름 대신 할아버지에게 편지가 왔다고 적혀 있었습니다. 무뚝뚝하기만 하셨던 제 아버지, 그러니까 아들의 할아버지가 손주를 위해 훈련소로 벌써 세 통째 편지를 보내신 겁니다.

30년 전 제가 군에 있을 때, 저희 아버지께는 한 통의 편지도 받지 못했습니다. 그저 훈련소 면회 때 오셔서 "고생했다" 한마디 건네시는 게 전부였던 전형적인 경상도 아버지셨죠. 그런 아버지가 이제 손주를 위해서는 종종 펜을 드시는 모양입니다. 당신의 아들에게는 차마 다 전하지 못했던 사랑과 미안함을 이제 군복을 입은 손주에게, '편지'라는 형식을 빌려 쏟아붓고 계신 것이겠지요.

30년 전, 수신자 부담 전화를 걸어 아버지의 목소리를 듣는 것조차 어려워했던 저와 달리 이제는 할아버지의 사랑이 담긴 편지가 저의 아들을 찾아가는 시대가 되었습니다. 아들은 "할아버지가 편지 또 보냈다. ㅋㅋㅋ"라며 웃음기 섞인 반응을 보였지만 '또'라는 글자 뒤에 숨겨진 저희 아버지의 손자에 대한 사랑이 느껴집니다. 30년 전 제가 수많은 인연에게 구걸하듯 받았던 편지들보다 지금 아들의 관물대에 차곡차곡 쌓이고 있을 할아버지의 편지 세 통이 훨씬 더 묵직하고 깊은 사랑이 아닐까 하는 생각이 듭니다.

각개전투 평가에서 동작이 밀려 속상해하는 아들이지만 그 서툰 훈련병 손주를 응원하는 할아버지의 편지가 있기에 아들은 남은 일주일의 훈련도 거뜬히 버텨 내지 않을까요?

내리사랑이라는 말이 와닿습니다.
사랑하는 손자에게 정성껏 편지를 써서 보내 준 아버지가 참 고맙습니다.

26

전투식량 | 맛스타와 맛다시의 추억
입대 27일 차 | 2025년 12월 13일 (토) | D-6

〈아들의 시간〉

약복 입어봤다.

전투식량 먹었다.

생각보다 맛있었다!

핸드폰 사용하고 휴식했다.

아침에 비 와서 우의 입고 밥 먹었다.

이제 주말은 먹고 자고 공부하고 쉬고 밖에 안 해서 적을 게 없다. ㅋ

자야지.

※ 전투식량: 전투식량은 전투와 야전 상황에서도 병사가 생존하고 임무
를 수행할 수 있도록 설계된 군의 이동형 급식 체계입니다. 야전·전
투·이동 중 상황에서 조리 없이 또는 최소한의 조리로 섭취할 수 있도

록 만든 군용 식량입니다.

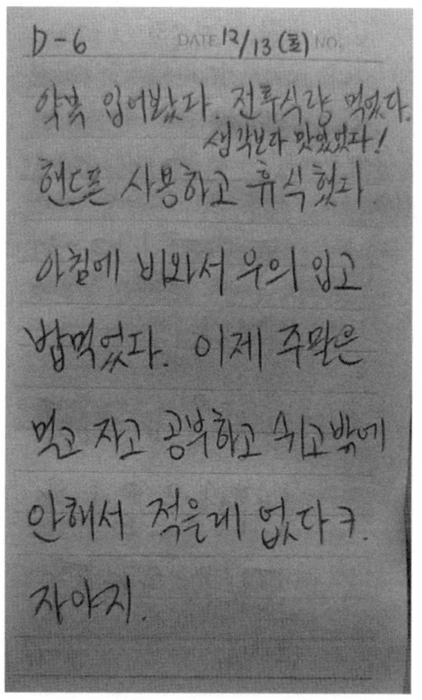

〈아버지의 시간〉

군대 음식이라는 게 밖에서 보면 참 별거 아닌데, 그 안에서는 왜 그리도 맛있었는지 모르겠습니다. 특히 '전투식량'은 고된 훈련 중에 가끔 만나는 특식까지는 아니지만, 별미로 찾아오는 손님이었습니다. 때로는 퍽퍽한 목멤에 고생하던 기억의 한 조각입니다.

30년 전에도 지금만큼은 아니지만, 그럭저럭 먹을 만한 전투식량은 있었습니다. 요즘처럼 줄만 당기면 데워지는 방식은 아니었지만, 나름대로 메뉴가 짜인 정식 보급품이었죠. 흔히 생각하는 40~50년 전의 전투식량처럼 비닐봉지에 반찬을 다 때려 넣고 비벼 먹던 그런 식사와는 차원이 다른 일종의 '특식' 같은 존재였습니다. 레토르트 봉투에 담긴 비빔밥에 뜨거운 물에 부어서 먹으면 그런대로 먹을 만했습니다.

이름은 조금씩 바뀌었지만, 그중에서도 군인들이 가장 좋아했던 것은 '맛다시'라 불리던 볶음고추장이었습니다. PX에서도 팔았는데, 가끔 전투식량이 나오면 맛다시를 미리 준비해 갑니다. 밥에 이 빨간 양념을 쭉 짜 넣고 슥슥 비비면, 단짠의 조화가 일품입니다. 전투식량과 같이 나온 고추장 대신 맛다시를 그렇게 활용합니다. 그렇게 짬밥의 노하우로 재탄생한 전투식량은 훈련받느라 바닥났던 기운을 다시 돋워 주곤 했습니다.

여기에 목을 축여 줄 군대 대표 음료인 맛스타 한 캔이 곁들여지면 마무리까지 완벽했습니다. 캔 겉면에 그려진 과일 그림만 봐도 침이 고이던 시절이었죠.

군대 드라마 〈푸른 거탑〉을 보면 이 맛스타에 얽힌 황당하고도 슬픈 전설이 나옵니다.

맛스타의 원래 이름은 사실 '마대령'이었습니다. 육군본부 '첨단 미래부식개발과'에서 근무했던 수석 연구원 마동탁 대령이 있었습니다. 대한민국 군인들에게 맛있는 음료수를 만들어 주겠다는 일념 하나로 30년 동안 음료수를 연구하셨습니다. 음료수 이름을 '마대령'이라고 하니 이상해서 '맛대령'이 좋겠다며 '맛대령'으로 지었습니다. 그러나 장병들을 위해 30년간 헌신했던 마대령이 과로로 쓰러져 세상을 떠났습니다. 그의 업적을 기려 대통령이 별 하나로 특진시키며, 그 후 '맛대령'은 '맛스타'라는 이름을 붙였다는 기가 막힌 사연입니다. 물론 병장이 소대장을 골탕 먹이기 위해서 지어낸 이야기입니다.

요즘은 맛스타가 있는지 모르겠지만 그 시절 예비역들에게는 군 생활에서 맛스타가 그만큼 상징적인 존재였습니다. 전투식량에 후식으로 들어 있던 퍽퍽한 파운드케이크를 삼킬 때 맛스타 한 모금이 주던 청량함만큼은 아직도 기억에 남습니다. 마치 건빵을 한 움큼 입안에 넣은 후 물을 마실 때의 느낌입니다. 입안의 침을 모조리 앗아가는 벽돌이라 불리던 그 빵 조각을 넘기기 위해서 맛스타 캔을 조금씩 아껴가며 마셨습니다. 찬바람에 코끝이 시려도 선·후임들과 나란히 앉아 전투식량을 비워 내던 그 시절이 문득 스쳐 지나갑니다.

오늘 아들의 일기를 읽다가 전투식량이 '생각보다 맛있었다!'라고 적힌 문장을 보며 흐뭇했습니다. 요즘은 발열 팩이 들어 있어 당기기만 하면 훈련 중에도 김이 모락모락 나는 밥을 먹을 수 있다는 말을 들으니 위로가 됩니다. 따뜻한 밥을 먹으며 훈련받을 수 있다는 사실이 부모로서는 얼마나 다행이고, 고마운지 모르겠습니다. 기훈단에서 전투식량 하나에 만족할 줄 아는 아들이 기특하기만 합니다.

기훈단 수료 후 2박 3일 휴가 때 같이 목욕탕에 가보니 입대 전과 비교해서 살이 10킬로나 빠졌더군요. 그렇게 살이 빠진 아들의 야윈 얼굴을 보니 그 시간의 무게가 얼마나 무거웠을지 짐작조차 되지 않아 가슴이 먹먹했습니다. 부쩍 야윈 아들의 얼굴을 보니 가슴이 아릿했지만, 그 위로 번졌을 사랑하는 아들의 늠름한 미소가 눈앞에 선하게 그려집니다.

이제 수료가 일주일도 남지 않았습니다. 정확히 일주일 후 이 시간이면 사랑하는 아들과 함께 행복한 시간을 보낼 수 있습니다. 빳빳한 약복을 처음 입어 보고 거울 앞에서 제법 군인다워진 자기 모습을 확인했을 아들의 모습이 떠오릅니다.

일주일 후 이 시간을 떠올리시며 행복한 기다림의 시간을 가지시기 바랍니다.

27

기지 내 도보 이동 교육 방송
재입대자의 훈장 없는 무용담
입대 28일 차 | 2025년 12월 14일 (일) | D-5

〈아들의 시간〉

종교 활동 안 가고 종이펑 공부했다.

오랜만에 공부하려니까 머리가 안 돌아간다.

핸드폰 사용도 하고 쉬었다.

또 공부하는 중이다.

아 방송으로 내일 기지 내 도보 이동 교육하는데, 웃참하는 게 다 들리는 게 진짜 개웃기다. ㅋㅋ

점호하고 샤워했다.

아~ 내일이면 훈련은 다 끝난다.

드디어 수료의 주가 밝는다.

종이평 공부도 얼추 끝냈다!
계속 회독하면서 암기해야겠다.
얼른 화요일 오후가 오면 좋겠다.

21시 45분..
21시 50분까지 완전소등 완전취침 하란다.
자야지.

※ 점호: 점호(點呼 조사할 점, 부를 호)는 한자어입니다. 즉, 사람을 한 명씩 부르며 확인한다는 뜻이 정확한 의미입니다. 점호는 인원 누락 여부 확인, 탈영·이탈 방지, 사고·이상 유무 확인, 전투·비상 상황 대비 인원 파악이 그 목적입니다. 그래서 점호는 전통적으로 아침과 취침 전에 반드시 시행되었습니다. 원래는 일본군에서 쓰던 용어로 출석 점검을 말합니다. 영어로는 롤컬(roll call)이라고 부릅니다. 명단을 불러 인원을 확인한다는 뜻으로 우리 군의 점호와 의미상으로 거의 같습니다. 여기서 롤은 굴리거나 돈다는 의미가 아니라 명단이 적힌 두루말이를 가리킵니다.

<아버지의 시간>

이제 내일이면 대망의 마지막 주간인 5주 차가 시작됩니다.

4주 동안 바닥을 구르며 훈련받느라 고생했을 아들들을 생각하니 대견하면서도 짠한 마음이 듭니다. 아들의 일기 속에 등장한 '방송 사고' 에피소드를 보니 절로 미소가 지어집니다. 군대도 결국 사람 사는 곳입니다. 엄숙해야 할 교육 방송 중에 터져 나오는 웃음을 참지 못해 쩔쩔매는 조교의 목소리는 긴장감 속에 살던 훈련병들에게는 그 어떤 예능 프로그램보다 큰 즐거움이었을 겁니다.

 이 시기가 되면 훈련병들의 눈빛부터 달라집니다. 논산 훈련소에 처음 입소했을 때가 떠오릅니다. 그때 가장 부러웠던 건 오와 열을 맞추어 질서정연하게 이동하던 위 기수 훈련병들이었습니다. 파란 명찰, 노란 명찰을 단 선배 기수들은 고작 2~3주 먼저 들어왔을 뿐인데도 왠지 모를 짬바(짬에서 나오는 바이브, 오랜 경험에서 나오는 노련미)가 느껴졌습니다.

 특히 한 달 정도 먼저 입대한 2기수 위 선배들은 거의 말년 병장처럼 보였습니다. 모든 훈련을 마치고 수료만을 앞둔 그들의 여유로운 걸음걸이를 보며 '나에게도 저런 날이 올까?' 싶어 한참을 멍하니 바라보곤 했습니다. 자대 배치를 받으면 결국 다 같은 이등병으로 만날 사이인데, 담장 안의 시간은 어찌나 느리게 흐르는지 하루 차이도 하늘과 땅 차이처럼 느껴지던 시절이었습니다.

 군대라는 거대한 용광로 안에서는 정말 별의별 사람을 다 만납니다. 전국 팔도에서 모인 인물 중에는 가끔 이해하기 힘든 동기도 있었습니다. 제가 있던 내무반에는 대화는 멀쩡히 되는데 행동이 묘하게 나사가 빠진 듯한 동기가 하나 있었습니다. 알고 보니 이미 한 차례 퇴소 경험이 있는 재입대자였습니다. 그는 군 면제를 받으려고 일부러 정신 질환이 있는 것처럼 연기해 퇴소에 성공했었다고 무용담처럼 늘어놓더군요. 심지어 이번에는 담배까지 몰래 숨겨 들어와 동기들에게 자랑하듯 보여 주었습니다. 결국 그 동기는 얼마 못 가 다시 퇴소 조치 되었습니다. 그 친구가 정말로 군을 면제받았는지 아니면 세 번째 입대했는지는 알 길이 없습니다. 하지만 정직하게 땀 흘리며 마지막 주를 맞이한 우리 아들 같은 청년들이 있기에 그런 편법은 결국 본인 인생의 오점으로 남을 뿐이라는 생각이 듭니다.

이제 내일이면 모든 훈련은 끝납니다. 수료를 앞둔 이 시점의 공기는 그 어느 때보다 달콤할 겁니다.

사랑하는 아들아.
마지막까지 방심하지 말고 그 여유를 만끽하며 수료 후 무사히 집으로 돌아올 준비를 하거라.

$$28$$

행군과 기록사격
마지막 관문, 논산의 40km 야간 행군
입대 29일 차 | 2025년 12월 15일 (월) | D-4

〈아들의 시간〉

오늘은 기지 내 도보 이동, aka(다시 말해). 행군과 기록사격을 한 날이다.

하루 종일 훈련이었다.

08시 30분부터 11시 정도까지 기지 한 바퀴 걸었다.

진짜 한 10km 걸은 것 같은데, 너무 안 힘들어서 40km? 할만할 거 같다. ㅋㅋ

점심에는 장어구이가 나왔다.

맛있게 먹었다.

점심 먹고 바로 기록 사격하러 갔다.

결과는..?
두구두구 ㄷㄱㄷㄱㄷㄱ 8발..!
그래.. 뭐 나름 만족..
영점 2발 맞췄는데, 기록 8발이면 뭐.. ㅋㅋ
선방했다.

호실 복귀해서 저녁 먹고, 점호하고, 샤워했다.
아~ 내일 종이평만 보면 된다.
화이팅!
자야지.

※ aka: 여기서 aka는 [also known as]의 약자로서 군사용 은어나 약어가
아니라 일상 영어 표현을 그대로 쓴 겁니다. aka는 '일명', '다시 말해',
'즉'이라는 뜻으로 기지 내 도보 이동을 행군에 빗대어 표현한 말입니
다. '기지 내 도보 이동'이라고 공식적으로 말하지만, 훈련병 체감으로
는 '행군'과 다를 바 없었다는 뉘앙스를 담은 표현입니다. 요즘 세대는
영어 약어, 인터넷 식 표현, 말장난을 자연스럽게 섞어 말하니 가끔 알
아들을 수가 없습니다. 마치 30년 전 "즐!~", "행쇼", "방가방가"라고 하
면 우리 부모님들이 못 알아들으신 것처럼 말이죠.

〈아버지의 시간〉

드디어 수료식이 있는 주간의 월요일 아침이 밝았습니다.

우리 아들들 이번 주 금요일이면 사랑하는 가족을 만날 수 있으니 며칠만 더 힘내길 바랍니다.

군대의 꽃이라 불리는 훈련이 몇 가지 있는데, 모두 기억하시나요?

PRI, 각개전투, 화생방, 유격, 그리고 마지막 주 차의 꽃인 행군입니다. 보통 훈련소의 마지막 주간에 모든 훈련의 종지부를 찍는 완전

군장 행군을 진행합니다. 30년 전 논산의 행군은 지금보다 훨씬 거칠고 투박했습니다. 군장을 꾸리는 훈련병의 마음은 그 어느 때보다 무거웠죠. 행군은 약 30kg 전후의 완전군장을 하고 40km 거리를 밤새 이동합니다.

행군은 보통 사회에서는 휴식을 취하고 있을 시간인 저녁 무렵에 시작합니다. 연병장에 모여 인원 파악을 마치고, 30kg이 훌쩍 넘는 완전군장을 어깨에 멜 때 느껴지는 그 압박감은 '이거 완주할 수 있을까?' '이제 정말 지옥문이 열리는구나!' 하는 실감을 하게 했습니다. 어디서 들은 말은 있어서 동기들 모두가 양말의 발바닥 접촉면에 비누칠을 잔뜩 하고 행군에 나섭니다. 물집이 안 잡히게 나름 준비를 한 겁니다. 그래도 물집은 잡히지만요. 칠흑 같은 어둠 속에서 앞사람의 발뒤꿈치만 바라보고 걷습니다. 가끔 무언가 부딪히는 챙그랑 소리와 거친 숨소리만이 이정표가 되어 주었습니다.

출발한 지 한두 시간은 그런대로 걸을 만합니다. 동기들과 나직하게 농담도 주고받고, 밤공기가 오히려 시원하게 느껴지기도 합니다. 하지만 자정을 넘어 새벽으로 치닫기 시작하면 상황은 달라집니다. 어깨를 파고드는 배낭끈은 점점 날카로운 칼날이 되고, 전투화 속 발바닥은 뜨겁게 달아오릅니다. 40km라는 거리가 정말 만만하지 않습니다. 시간이 지날수록 내 몸의 모든 관절이 살려달라고 비명을 지르는 것만 같았습니다.

조교의 휴식 명령은 가뭄에 단비와도 같습니다.

"좌우로 정렬."

"좌우로 정렬."(반드시 복명복창을 해야 합니다.)

"10분간 휴식."

"10분간 휴식."

"편히 앉아."

"편히 앉아."

깊은 한숨을 내쉬며 바닥에 철퍼덕 주저앉습니다. 중간 휴식 시간에 길바닥에 주저앉아 마시는 차가운 수통 물 한 모금은 세상 그 어떤 고급 음료보다 달콤했습니다. 6·25 때부터 사용했던 수통이고, 그 안에 녹이 얼마나 있는지, 이전에 뭘 담았고 어떤 사람이 마셨는지는 중요하지 않습니다. 그때 마신 물 한잔이 마치 생명수 같았으니까요.

"전원 기상."

하!~~~ '전원 기상.' 정말 듣기 싫은 말이었습니다. 10분이 아니라 1분도 안 된 것 같은데 벌써 일어나라고 합니다. '10분만 더 쉬게 놔두지.' 다시 일어날 때 다리에 쥐가 내려 쓰러지는 동기도 있었고, 군장 무게에 눌려 비틀거리는 인원도 꽤 있었습니다. 이미 굳어 버린 근육의 고통은 말로 표현하기 힘들 정도였습니다. 졸음은 쏟아지는데 발은 움직여야 하는 그 몽롱한 상태, 소위 졸면서 걷는 경험을 그때 처음 해 봤습니다. 뒤에서 오는 동기와 살짝 부딪히며 깜짝 놀라 잠이 깨면 하늘을 올려다보며 생각합니다.

'아!~ 정말 걸으면서 졸 수도 있구나.'

행군할 때는 비상시를 대비해서 구급차가 뒤편에 동행합니다. 환자가 발생하면 즉각 구급차에 태우고 조처하기 위해서죠. 하지만 낙오를 피하고자 되도록 구급차를 타지 않습니다. 지금까지 얼마나 힘든 훈련을 무사히 마쳤는데요. 행군만 마무리하면 되는데, 낙오되어서 나의 훈련소 생활에 오점을 남기다니요. 말도 안 되는 일입니다. 지금까지 버텨 온 내 자존심이 허락하지 않는 일입니다.

그런데, 반 정도 이동했을 때 바로 뒤에 있는 동기가 쓰러졌습니다. 몸이 차갑고, 호흡을 가쁘게 내쉬는 게 아무래도 몸에 무리가 된 모양입니다. 저는 군말 없이 동기의 군장을 짊어졌습니다. 그리고 쓰러진 동기의 뒤에 있던 동기와 몇몇 동기가 돌아가며 쓰러진 동기를 부축합니다. 하지만 총은 쓰러진 동기가 끝까지 메고 갔습니다. 총기는 내 애인과도 같으니까요. 몸은 무너져도 군인의 본분인 병기만큼은 끝까지 놓지 않겠다는 마지막 자존심 때문이었을지도 모릅니다.

단 한 명의 낙오자도 없이 완주하자고 마치 약속이나 한 것처럼 동기들은 누가 말하지 않았는데도 그렇게 알아서 일사불란하게 움직였습니다. 군장 하나만 짊어지고 걸어도 몸이 짓눌려 어깨가 빠질 것 같은데, 군장 2개를 짊어지니 미칠 지경이더군요. 그래도 낙오자는 없어야 하니 가만히 땅만 보고 무아지경에 빠져 계속해서 걸었습니다. 한편으로는 내가 봉와직염으로 고생했을 때 나를 부축하던 동기들에 대한 보답이기도 했습니다. 그 일이 아니었더라도 군장을 기꺼이 짊어졌겠지만 봉와직염과 행군으로 인해 이것이 진짜 전우라는 생각이 들었습니다. 그리고 사소하지만, 그에 대한 말 없는 보답이었는지도 모르겠습니다.

먼동이 어슴푸레하게 비칠 무렵 저 멀리 부대 정문이 보이기 시작합니다.

잠도 오고, 몸도 지쳐서 정신이 혼미해져 오는 순간 조교의 한마디 외침이 들립니다.

"전원. 전방에 함성 5초간 발사."

"아!~~~"

"목소리가 작다. 다시 한번. 전방에 함성 10초간 발사."

"와!~~~"

그때의 그 기분은 겪어 본 사람만이 압니다. 다리는 천근만근이고 전투화 안은 땀과 물집으로 엉망이지만 부대 안으로 들어서는 순간 들려오는 군가 소리에 묘한 카타르시스를 느낍니다. 연병장에 군장을 내려놓는 순간 몸이 붕 뜨는 듯한 기분이 들며 마치 날아갈 것만 같습니다. 모든 훈련이 끝났다는 해방감과 함께 '나도 이제 비로소 진짜 군인이 됐구나'하는 성취감이 온몸을 휘감습니다.

"5열 종대로 해체 모여."

"해체 모여."

"앞 열부터 앉아 번호."

"하나, 둘, 셋… 열. 번호 끝."

"29연대, 1대대 1중대 인원보고. 총원 120, 낙오 0, 현재원 120. 이상 보고 끝."

그렇게 단 한 명의 열외도, 낙오도 없이 행군을 무사히 마쳤습니다. 사실 무사하지는 않았습니다. 몇 시간 후부터 서서히 찾아오는 후유증은 훈련병들에게 남겨진 숙제였습니다.

행군을 마치고 난 뒤 샤워하고, 아침을 먹은 후 암막으로 된 내무반으로 들어가서 잠을 청했습니다. 밤새 행군을 마친 훈련병들에게 허락된 단잠이야말로 어떤 산해진미보다도 값진 최고의 선물이었습니다. 그 시간 동안 정말 꿈도 꾸지 않고, 세상에서 가장 달콤한 잠을 잔 것 같습니다. 동기들과 함께라서 끝까지 마칠 수 있었습니다. 30년이 지난 지금도 행군의 기억이 새록새록 되살아납니다.

예비역들이 모여 군대 이야기를 하면 늘 내가 더 힘들었다고 해야 내 군 생활에 대한 자부심도 느껴지고 왠지 이긴 것 같습니다. 그래서 행군 이야기할 때 누군가 '우리는 20킬로 군장 메고 행군했다.'고 하면 옆의 친구가 '우리는 30킬로 군장인데?'라고 말합니다. 그럼 그 옆에 있던 해병대 친구는 '우리는 40킬로 군장 메고 걸었어.'라고 합니다. 그렇게 군장의 무게가 점점 늘어나서 나중에는 군장 무게가 60~70킬로까지 늘어나는 마법이 일어납니다.

오늘 우리 아들도 그 길을 걸었습니다.

그 시절 제가 걸었던 논산의 그 흙길과는 다르겠지요. 공군이라 기지 내 도보 이동을 목적으로 하니 거리도 짧았을 테고요. 군장의 무게도 달랐을 겁니다. 하지만 거리나 군장의 무게를 떠나 아들이 그와 같은 물리적, 심리적 무게를 짊어지고 밤길을 걸어 냈다고 생각하니 가슴 한구석이 뭉클합니다. 만일 무거운 군장을 짊어졌다면 어깨에 남은 시퍼런 멍 자국은 며칠이면 사라지겠지만, 그 밤의 무게를 견디며 한 걸음씩 내디뎠던 기억은 아들의 생을 지탱하는 단단한 뼈대가 될 것입니다. 그리고, 훈련소에서 동기들과 함께하는 마지막 훈련이라는 깊은 추억으로 남을 겁니다.

과거의 나와 현재의 아들이 서로 다른 길을 걷고 있지만, 그 본질적인 고통과 인내의 가치는 하나로 연결되어 있지 않았을까 생각합니다.

사랑하는 아들아.
그동안 훈련받느라 정말 고생 많았다.
오늘 하루는 푹 쉬도록 하렴.

※ 완전군장: 주로 군장에는 식량 비축품, 침낭, 개인 장구류, 방독면/예
비 장비가 포함되며 무게는 20~30kg 정도 무게입니다. 요즘은 보급품
의 고급화로 인해 경량화가 되어 완전군장 무게가 예전에 비해 줄었다
고 합니다.

※ 양말 안쪽에 비누칠하는 이유: 비누칠하면 양말과 발바닥 사이의 마찰
력을 줄여 물집이 생기는 것을 방지한다는 민간요법같이 전해져 내려
오는 군인들의 오래된 지혜입니다. 효과가 있겠죠? 있어야 할 텐데요.

29

종합이론 평가
딸기잼 한 스푼에 충성을 맹세한 이등병
입대 30일 차 | 2025년 12월 16일 (화) | D-3

〈아들의 시간〉

드디어 종이평 보는 날이다...

오전에 OO대대 가서 시험 보고 왔다.

아~ 잘 본 것 같기도 하고 아닌 것 같기도 하고 모르겠다~

그래도 드디어 모든 평가와 훈련이 끝났다!

아. 그리고 어제 에피소드가 하나 있었는데, 못 적어서 대충 적어 본다.

오후에는 OOO 가서 A형 간염이랑 MMR? 예방 접종했다.

총기도 반납했다.

4주 동안 함께한 총기를 반납하니 뭔가 이상한 것 같기도 하고. ㅋㅋ

오늘은 저녁 마지막에 먹었다.

특기 마크도 받았다.

생각보다 괜찮은 것 같기도 하고 아닌 것 같기도 하고...

점호하고 샤워했다.

아무튼.

빨리 자게 해줘라!

21시 40분.

졸리다!

자야지!

※ MMR 백신: 홍역, 볼거리, 풍진을 예방할 수 있도록 제조된 백신으로, 생후 12~15개월과 4~6세에 두 차례 접종하는 것이 원칙입니다. MMR 백신을 접종하면 홍역, 볼거리, 풍진의 발병률을 낮출 수 있습니다. 또한, 손과 발을 깨끗이 씻는 등 위생에 특히 주의하고, 제때 예방접종을 받는 것이 좋습니다.

※ 사랑하는 아들이 지금은 볼살이 많이 빠졌지만, 초등학교 시절 감기로 병원에 가니 의사가 이렇게 말하더군요.

"애 볼이 많이 부었네요. 애가 볼거리 같은데요?"

"우리 아이 볼은 태어나서 지금까지 계속 이렇게 통통한데요."

의사의 말을 뒤로 하고 그렇게 감기약을 타왔고 며칠 만에 감기가 나았습니다. 그 후로도 볼은 계속 통통했고 찹쌀떡같이 귀여운 볼때기를 수시로 만지며 놀았습니다. 그런데, 기훈단 훈련을 마치고 나니 볼살이 어디 갔는지 모두 사라졌더군요. 5주 만에 10킬로가 빠졌으니 말이죠. 사랑하는 아들의 통통한 볼살이 너무 그립습니다.

〈아버지의 시간〉

요즘은 군대에서 나오는 햄버거를 '군대리아'라고 부르더군요. 하지만 30년 전에는 그런 세련된 이름도 없었습니다. 일요일 아침이면 찾아오는 식단은 그저 '햄버거'라 부르는 것이 전부였죠. 평소 자주 나오던 똥국과 무채 대신 식판 위에 덩그러니 놓인 빵 두 덩이를 마주할 때면, '아, 오늘이 일요일이구나' 하는 실감을 하곤 했습니다. 그래도 그게 그렇게 반가울 수가 없었습니다.

군대에서 만나는 햄버거는 당연하게도 사회의 것과는 많은 차이가 납니다. 물인지 습기인지 모를 수분에 살짝 젖어 비닐에 들어 있는 촉촉한 빵 두 개, 정체를 알 수 없는 얇은 고기 패티 하나와 채 썬 양배추에 케첩과 마요네즈를 버무린 사라다(샐러드)가 구성의 전부였습니다. 가끔은 삶은 계란 하나가 추가되기도 했고, 딸기잼은 늘 부족해서 소중하게 나눠 발라야 했죠. 특히 함께 나오는 수프가 늘 기다려졌습니다. 요즘은 수프라고 하지 않고, '슆~'이라고 부르더군요. 그런데 이 수프가 참 묘한 녀석입니다. 따끈한 수프에 후추를 팍팍 쳐서 한 입 떠먹으면 어젯밤 점호 시간에 얼차려를 받으며 딱딱하게 굳었던 마음이 눈 녹듯 녹아내리곤 했으니까요. 어릴 적 경양식 집에 가서 돈가스가 나오기 전에 수프를 먹었던 기억이 떠오릅니다. 사회에서는 쳐다보지도 않았을 그 투박한 빵이 그때는 왜 그리도 맛있었을까요?

요즘 유튜브를 보면 군대리아에도 나름의 철학이 있더군요. 빵 하나에는 잼을 바르고 패티를 넣어 정석으로 먹고, 나머지 빵 하나는 잘게 찢어 보급 나온 우유에 말아 먹는 모습을 보았습니다. 마치 죽처럼 말이죠. 그렇게 자체 제작된 식단이 군 생활의 고단함을 잠시나마 잊게 해 주는 최고의 사치가 아닐까 생각합니다.

재미있는 건 평소엔 엄격하던 내무반 분위기도 햄버거가 나오는 날에는 조금 부드러워진다는 겁니다. 평소엔 후임들 식판을 하나하나 체크하던 고참들도 일요일 아침만큼은 자기 식판 위 햄버거를 만드느라 정신이 없습니다. 일주일에 한 번 나오는 별미를 먹으니 기분이 좋아진 탓도 있을 테지요. 가끔 고참 중 한 명이 자기 몫의 패티나 딸기잼을 슬쩍 건네주면, 그게 뭐라고 그렇게 고마웠는지 모릅니다. 평소엔 '죄송합니다.'를 입에 달고 살던 이등병도 그 성은에 감동해서 '감사합니다.'라고 나직이 말하며 진심 어린 충성을 맹세하곤 했으니까요. 이름도 없던 그 시절의 햄버거는 사회와 단절된 군인에게 건네진 가장 세속적이고 그리운 사제의 맛이 아니었을까 생각합니다.

명절에는 특식이 나왔습니다.
아침 점호가 끝나고 식당으로 이동할 때부터 분위기가 조금 다릅니다.
"오늘 뭐 나온다더라."

누가 먼저랄 것도 없이 수군거림이 시작됩니다. 메뉴에 대해 정확히 아는 사람은 없었지만, 왠지 모를 맛있는 반찬이 나올 것 같아서 괜히 발걸음이 빨라지곤 했습니다. 식당 문을 열고 들어가면 국 냄새가 평소와 다르고, 배식대 위가 조금 더 복잡했습니다. 평소에 비해 기름 냄새가 더 심하게 납니다. 설날이었습니다. 평소엔 구경하기 힘든 동그란 햄 몇 조각과 기름이 살짝 번진 동태전, 그리고 허여멀건 식혜까지 보입니다. 떡이 불어서 죽처럼 변해 버린 떡국이라도 평소에는 보기 힘든 음식이라 반가웠습니다.

누군가는 반찬을 보고 '이게 무슨 명절이냐'며 투덜대지만, 식판을 들고 자리에 앉는 순간 다들 말이 없어지고, 숟가락 부딪치는 소리만 납니다. 마음에 드는 반찬도 별로 없었지만, 그마저도 한 점 더 달라고 말할 수 없었습니다. 그래도 이상하게 그날 먹은 육전은 오래 기억에 남았습니다.

추석엔 송편이 나왔습니다. 정확히 말하면 송편 비슷한 것이었습니다. 모양도 제각각이고, 속도 고르지 않았습니다. 송편 속은 들어가다 말았습니다. 누군가는 '이거 부대 근처 집에서 만든 거 같다'고 했습니다. 지금처럼 메뉴가 화려하지도 않았고, 사진 찍을 일도 없었습니다. 하지만 30년이 지나도 기억나는 건 그날의 반찬이 아니라 식판 위에 놓였던 '평소와 조금 다른 하루'였던 것 같습니다. 매일 같은 일상을 사는 군인들에게 이렇게 가끔 특식이 나온다는 자체만으로도 지루한 군 생활에 활력이 되곤 했습니다.

오늘 아들의 일기에서 '모든 평가와 훈련이 끝났다'는 글을 보니 이제 수료가 얼마 남지 않은 듯합니다. 훈련소 생활이 정말 막바지에 다다랐음을 느낍니다. 4주 동안 함께한 총기를 반납하고 나니 뭔가 이상한 것 같기도 하다니 이제 제법 군인이 된 것 같습니다. 내 애인과 같은 총기를 반납하고 나니 뭔가 허전한 마음이 들었을 겁니다. 총기는 달라고 해도 주면 안 되는데 말이죠.

"자!~ 이제 모든 훈련이 끝났으니 총기 반납하자. 각자 총 반납해."
"1234번 훈련병 홍길동. 안 됩니다. 총기는 제 애인과도 같습니다."
"야. 까불지 말고, 훈련 끝났으니까 빨리 내놔."
"안 됩니다. 총기는 제 애인과도….."
맞고 싶으면 그래도 됩니다.

행군과 종합이론평가까지 마치고 수료를 사흘 남겨둔 아들의 마음은 어떤 느낌이었을까요? 집을 그리워하고 수료 날을 손꼽아 기다렸을 마음만큼은 30년 전 저와 별반 다르지 않았을 겁니다.

이제 곧 아들을 만납니다.
군대리아와 비교가 되지 않는 사회의 진짜 맛있는 햄버거를 사주기 전에 훈련소에서 모든 훈련을 잘 견뎌낸 아들의 등을 토닥토닥 두드려 주고 싶습니다.

사랑하는 아들아. 이제 사흘만 기다리면 만나는구나.

마지막까지 아말다말 무사무탈 마무리 잘하길 바란다.

※ 군대리아: 군대에서 제공되는 햄버거 형태의 빵식으로 재료를 따로 받
아 병사들이 직접 만들어 먹는 군대 특유의 식사입니다. 민간 햄버거
와는 질적으로 다르고 군대에서 나온다고 해서 병사들 사이에서 붙은
별칭입니다.

30

이병 약장 보급
잠자는 예비군의 코털을 건드리지 마라
입대 31일 차 | 2025년 12월 17일 (수) | D-2

〈아들의 시간〉

아침에 특기 학교 교육받으러 갔다.

행정학교 주의사항과 준비물과 불가 품목 알려줬다.

21일 19시까지 1정문 통과하면 된다고 하고, 크리스마스 면회도 가능하다고 한다.

그리고 평일엔 19시부터 21시 15분까지, 주말, 공휴일엔 08시부터 21시 15분까지 핸드폰 사용 가능하다고 한다.

1월 5일에 자대 배치된다고 한다.

아 그리고 기훈단 등수가 나왔다.

0000등...

0000명 중에...

하... 특학 많이 열심히 해야겠다.

아무튼 그건 그거고 오전에 경제교육도 들었다.

적금이랑 이것저것 알려줬다.

오후엔 드디어 이병 약장 보급받았다.

그리고 특학 보낼 짐 쌌다.

짐이 생각보다 많아서 정리하는데 애를 좀 먹었다.

저녁엔 새 전투복에 약장 다 붙이고 군번줄도 매고 말끔히 빼입었
더니 기분이 좋았다.

진짜 군인이 된 기분.

군복 잘 어울리는 듯.

급하게 짐 싸고 점호하고 샤워하고 왔다.

자야지.

※ 약장: 약장은 군복 가슴이나 팔에 부착하는 계급장을 말합니다. 이등
병·일병·상병·병장 등을 작은 막대로 표현하는 것입니다. 훈련소나
부대에서는 '계급장 달아라'보다 '약장 달아라'라는 표현을 더 자주 씁니
다. 아무런 계급도 없던 훈련병에서 이제 훈련병 딱지를 떼고 정식 이
등병이 되었음을 상징하는 짝대기 하나를 의미합니다.

<아버지의 시간>

우리 아들도 언젠가는 예비역이 되겠죠.

지금은 조금 힘들고 지치더라도 지나고 보면 그 또한 한순간일 뿐입니다. 대한민국 예비역이 되기까지의 과정은 그리 녹록지 않습니다. 우여곡절을 다 겪고 현역 시절을 지나 전역 직전에 개구리 마크를 다는 그 순간 세상을 다 가진 것만 같습니다. 사랑하는 아들에게도 머지않아 그 시절이 올 겁니다.

방위(사회복무요원)에 대한 글을 기억하시나요?

예전부터 북한이 우리나라 방위가 무서워서 못 쳐들어온다는 말이 있었는데요. 하지만 방위만큼이나 북한군이 두려워하는, 아니 경외심까지 느끼는 존재가 있습니다. 그건 바로 대한민국 예비군입니다.

우리나라 예비군의 전투력은 타의 추종을 불허합니다. 평상시엔 동네 아저씨 같지만, 유사시에는 현역 시절 익혔던 주특기를 본능적으로 기억해 내는 인간 병기들입니다. 머리가 기억하는 게 아닌 몸이 기억하고 있습니다. 오늘 당장 재입대하라고 해도 현역 못지않게 임무를 수행할 고도의 잠재력을 가진 자들입니다.

수치로만 봐도 압도적입니다. 현재 북한 현역 군인이 약 120만 명인 데 반해 우리나라는 50만 명 선이 무너졌습니다. 하지만 예비군으로 눈을 돌리면 이야기가 달라집니다. 북한 예비군이 약 60만 명인데 반해서 우리나라는 약 310만 명이라는 거대한 예비 전력을 보유하고 있습니다. 개인적으로 이들의 실질적인 전투력은 현역 대비 최소 10배에서 최대 100배까지도 높다고 평가하는데요. 이유는 다음과 같습니다.

우리나라 예비군들에게는 전 세계 그 어떤 특수 부대도 감히 흉내 낼 수 없는 '기묘한 생존 본능'과 '특수한(?) 능력'이 탑재되어 있습니다. 전역 후 '앞으로 두 번 다시는 군대 쪽으로 오줌도 누지 않겠다'라고 다짐했던 이들을 억지로 전장에 불러 모았으니 그 분노가 과연 어디로 향할까요. 예비군들이 전시에 다시 불려 나간다면 그들이 어떤 일을 저지를지는 불을 보듯 뻔합니다. 이 점을 적극적으로 활용한다면 아마 우리나라가 전 세계 최고의 군사력을 보유하고 있다고 봐도 무방할 겁니다. 잠자는 사자의 코털을 뽑은 대가는 온전히 적들이 치러야 할 몫입니다. 이 천하무적 예비군들의 능력을 소개하자면 다음과 같습니다.

우리 예비군의 90% 이상은 적진에 침투해 적의 군기를 송두리째 흔들어 놓는 군기 문란 심리전의 대가들입니다. 일단 전제조건으로 우리나라 예비군은 절대로 아군에 속해 있으면 안 됩니다. 무조건 적의 예비군 속에 깊숙이 침투하여 적의 사기를 서서히 떨어뜨려야 합니다. 예비군들의 숨겨진 능력은 다음과 같습니다.

하나. 수통에서 노련하게 소주를 꺼내 마시며 적군 앞에서 횡설수설하며 행패 부리기….

둘. 적을 붙잡고 "야. 전쟁 몇 시에 끝나냐?"라고 5분마다 계속 물어보며 적의 심리를 초조하게 만들기….

셋. 상의 단추를 다 풀어 헤치고 전투모는 거꾸로 쓴 채 적을 동네 동생 대하듯 만만하게 보며 혈압 상승 유도하기….

넷. 수시로 총 버리고 대열을 이탈하며 인원 파악을 못 하게 만들어 적진을 순식간에 아비규환으로 만들어 버리기….

다섯. 바닥에 총 질질 끌고 다니며 군기를 어지럽게 하여 적의 성질 돋우기….

여섯. 상관 몰라보고 시도 때도 없이 난동 부리기….

일곱. 상관이 훈시할 때 80%는 숙면을 취하고, 나머지 20%는 "핸드폰 없냐?"라며 적의 보급품을 뒤지는 뻔뻔함 보이기….

여덟. 틈만 나면 "배고프다, 메뉴가 왜 이 모양이냐"며 적의 취사병을 윽박질러 급식 체계를 붕괴시키기….

아홉. 그늘만 보이면 누가 먼저랄 것도 없이 빛의 속도로 드러누워 적의 진격 속도를 늦추기….

열. 틈만 나면 짤짤이를 하여 적의 비상금까지 다 털어 버리기….

열하나. 전시 전력도 부족한 마당에 기어코 콘센트를 찾아내 핸드폰을 충전하며 적진을 대정전 상태로 몰아넣기….

열둘. 여기에 더해 예비군 훈련장의 백미인 철야 고스톱과 포커치기 솜씨를 발휘해 적군의 군자금까지 싹쓸이한다면 적의 전투의지는 순식간에 붕괴될 것이 불 보듯 뻔합니다.

대한민국 예비군의 숨겨진 능력에 대해서 계속 쓰자면 한도 끝도 없습니다.

전 세계 어떤 특수 부대도 이들의 능글맞고도 무시무시한 예비군 파워는 당해낼 재간이 없을 겁니다. 그러니 적들은 부디 명심하길 바랍니다. 대한민국 예비군들은 전쟁 시 전투를 거의 불능 상태로 만들어 버리는 무시무시한 존재들이니 그들을 군대로 다시 불러들이는 일은 결코 없어야 할 것입니다. 그들이 예비군복을 입지 않고 집에서 그대로 편히 쉴 수 있게 내버려 두는 것이 당신들의 생명과 안전을 보존하는 유일한 길임을 명심해야 할 것입니다.

하지만 농담처럼 던진 이 이야기 뒤에는 무서운 진실이 하나 숨어 있습니다.

평소엔 그렇게 세상만사 귀찮아하고 툴툴대던 예비군들이지만 정작 내 가족과 내 땅을 지켜야 하는 실전 상황이 닥치면 그들은 전 세계에서 가장 빠르고 정확하게 총을 쏘는 숙련병으로 돌변한다는 사실입니다. 그늘 밑에서 낮잠 자던 아저씨가 단 1초 만에 특등사수로 변하는 장면을 목격한다면 적들은 기절초풍할 것입니다. 이건 명확한 사실입니다.

물론 이 위에 예비군과 관련한 다른 말들도 모두 사실이긴 합니다.

사회에서는 멀쩡한 회사 대리, 의사, 사업가, 전문직, 점잖은 선생님이던 이들이 예비군복만 입으면 몸이 무거워지고 말투가 느려지고 세상만사 다 귀찮은 베짱이처럼 되는 예비군복의 마법은 언제쯤 그 비밀을 밝힐 수 있을까요? '그것이 알고 싶다'에서 하루속히 그 비밀을 파헤쳐 보면 좋겠습니다.

대한민국 예비군들 너무 고생 많으셨습니다.

그대들로 인해 내 나라, 내 가족이 편히 잠들 수 있었습니다.

고맙습니다.

(31)

수료 하루 전
조교를 거부하고 마주한 흑복의 어두운 그림자
입대 32일 차 | 2025년 12월 18일 (목) | D-1

※ 기훈단 마지막 날인 오늘, 사랑하는 아들의 일기장에는 그 무엇도 적혀 있지 않았습니다. 내일이면 수료한다는 사실이 한편 설레기도 하고, 이것저것 준비하느라 많이 바빴던 것 같습니다. 지금까지의 내용과 말투를 유추해 봤을 때 만약 일기를 적었다면 이렇게 쓰지 않았을까 조심스레 예상해 봅니다.

〈아들의 시간〉

드디어 내일이면 수료다.

'그래도 국방부 시계는 돌아간다.'는 말이 맞는 것 같다. ㅋㅋ

그래도 5주 동안 어떻게 잘 버텼다.

중간중간 사소한 사건 사고들도 있었지만….

This too shall pass.

그 또한 지나갔다!~^^

동기들과 헤어지는 게 조금 서운하다.

일주일 정도 더 해도 괜찮을 것 같은데. ㅋ

암튼 지금까지 함께 고생한 동기들 모두 수고 많았다.

원하는 자대 배치받고 앞으로도 계속 연락하자.

그동안 모두 진짜 수고했다.

와!~

드디어 내일이면 수료다.

안 올 줄 알았는데, 이날이 오기는 오는구나.

엄마 아빠 보고 싶다.

치킨도 먹고 싶다.

오늘은 21시 30분에 취침하란다.

개꿀!~ ㅋㅋ

자야지.

〈아버지의 시간〉

드디어 훈련소 생활을 마치고 내일이면 기훈단 수료식이 열립니다. 5주라는 시간이 어느덧 파노라마처럼 흘러갔군요. 내일이면 사랑하는 아들을 가슴에 품을 생각에 벌써 가슴이 설렙니다. 늠름하게 변했을 아들의 모습에 아낌없는 격려와 칭찬의 말을 전해야겠습니다.

30년 전.
저의 군 생활은 묘한 밀당의 연속이었습니다.

논산 훈련소 시절, 저는 뜻밖에도 조교 후보로 차출되었습니다.

처음엔 기분이 좋더군요. '아. 인정받았구나.', '각 잡힌 모습이 왠지 뽀대가 날 것 같은데?'라는 생각이 들었습니다. 하지만 조교의 삶을 가만히 들여다보니 화려한 겉모습 속에 고행이 숨어 있는 것 같았습니다. 매 기수 훈련병이 들어올 때마다 사격, 수류탄, 각개전투, PRI, 유격, 행군 같은 힘든 훈련을 전역할 때까지 무한 반복해야 했으니까요.

다른 훈련이야 간단한 시범만 보여 주고 훈련병들을 힘들게 굴리기만 하면 되니 괜찮다고 생각했습니다. 하지만 결정적인 건 행군이었습니다. 조교는 완전군장을 하지 않고 경광봉만 들고 걷는다지만 매 기수마다 그 지긋지긋한 40km 밤길을 훈련병과 함께 걸어야 한다고 생각하니 결단코 해서는 안 되는 주특기가 바로 조교라는 생각이 들었습니다. 물론 조교는 휴가가 많다는 말도 들었습니다. 하지만 휴가와 행군을 두고 저울질하니 마음의 무게는 행군이 훨씬 무겁게 느껴졌습니다. 휴가 보너스보다 행군에 대한 공포가 훨씬 컸던 것이죠.

결국 조교 선발 면담 날 저는 사고(?)를 쳤습니다. 조교 최종 선발을 위해 같이 뽑힌 동기와 둘이서 중대장실에 갔습니다. '차렷, 다리 붙여, 열중쉬어, 차렷, 경례, 바로, 좌향좌, 우향우, 뒤로 돌아' 등과 같은 기본 제식을 하고, 간단한 면담을 했습니다. 중대장님께서 날카로운 눈빛으로 저를 유심히 쳐다보고 있었습니다. '하!~ 이거 큰일 났구나. 꼼짝없이 조교 당첨이구나.' 싶었습니다. 중대장님 면담을 마치고 나와서 담당 분대장인 조교에게 말했습니다.

"123번 훈련병 홍길동. 분대장님께 드릴 말씀 있습니다."

"뭐야."

"분대장님. 저 조교 안 하면 안 되겠습니까?"

"왜?"

"조교는 저와 안 맞을 것 같습니다. 잘할 자신이 없습니다. 다른 특기를 받고 싶습니다."

"이 xx야. 군대가 하고 싶은 대로 하는 데야?"

"아닙니다."

"기다려 봐."

그리고 어디론가 가더니 잠시 후 다시 오더군요.

"알았어. 그럼 너 조교 후보에서 뺀다."

"예. 알겠습니다."

"딴 데 가서 잘해라."

"예. 알겠습니다. 감사합니다."

다행히 제 진심이 통했는지 저는 후보에서 제외되었습니다. 그렇게 저와 함께 면접을 본 다른 동기가 조교로 차출되었습니다. 저는 조교가 된 동기를 뒤로하고 안도의 한숨을 내쉬며 다시 평범한 훈련병으로 돌아왔습니다.

하지만 운명은 저를 가만두지 않았습니다.

며칠 후 모든 훈련병을 복도에 나와 앉으라고 하더니 조교가 무언가를 또 선발합니다.

"모두 잘 들어. 지금부터 키 175 이상 일어서."

"123번 훈련병 홍길동." "124번 훈련병 김철수."

"몸무게 80킬로 이상 앉아."

"양안 시력 1.0 이하 앉아."

그 후로도 몇 차례 질문이 이어졌습니다. 필터링이 끝날 때까지 저는 끝내 자리에 앉지 못하고 서 있었습니다. 중간에 조교 눈치를 보며 살짝 앉으려다가 조교와 눈이 딱 마주쳤습니다. '하!~~~' 이번엔 또 어디로 끌려가나 싶었습니다. 결국 마지막까지 일어나 있는 인원은 따로 불려 나갔습니다. 간단히 면접을 보고, 이름이 적힌 다음 내무반으로 돌아왔습니다. 또 뭔가 차출하는 과정이구나 싶었습니다. 박격포, 일빵빵, 기갑 등 그렇게 몇 번에 걸쳐 각자의 주특기를 배정받았습니다.

주특기는 끝까지 알려 주지도 않고 논산 훈련소 6주 훈련을 마친 뒤 어디론가 이동했습니다. 기차역으로 가서 대기를 했는데, 함께 이동하는 인원들은 하나같이 키도 크고 훤칠했습니다. 이동하는 열차에 올랐습니다. 군 열차를 관리하는 병사들이 갑자기 쌍욕을 하며 방방 날아다니기 시작합니다.

"이 xx들. 더블백 정리 똑바로 안 해? 끈이 보이지?"

"고개 숙여. 누가 고개 들어?"

"쳐다보지 마. xxx야. 고개 숙여. 눈 감아."

열차 안은 공포 그 자체였습니다. 열차 관리 기간병들은 마치 광기에 어린 사람처럼 쌍욕을 퍼부으며 우리를 짓눌렀습니다. 논산에서도 욕을 어지간히 들었다고 생각했습니다. 그런데, 이놈들은 논산 훈련소의 욕설과는 차원이 다른 그야말로 육두문자 학과를 나온 사람처럼 생존을 위협하는 살벌함을 뿜어냈습니다. 눈이라도 마주치면 더 살벌하게 쳐다보며 죽일 듯이 달려듭니다. 아무것도 몰랐던 훈련병 시절이라 그 자리에서 찍히면 뭔가 엄청난 불이익을 받을 것만 같았습니다. 가는 내내 모두가 얼어서 꼼짝도 안 하고 고개를 숙이고 자리에 앉아 있었습니다. 조금이라도 움직였다간 죽을 것 같았으니까요.

나중에 알고 보니 그들은 우리와 정말 아무런 상관도 없는 그저 군인들의 이동만 담당하는 열차 담당 기간병들이었습니다. 휴가 나가서 헌병에게 호되게 당한 기억이 있는지 유독 우리에게 심하게 대했던 기억이 납니다. 그들만의 스트레스 해소 방식이었을지도 모르겠습니다. 아무튼 그들의 욕설과 눈빛, 그리고 분위기에 눌려 우리는 숨소리조차 죽인 채 용산역에 도착했습니다.

용산에 도착한 후 다시 버스를 타고 한참을 이동하며, 동기들끼리 조용히 말했습니다.

"야. 아무래도 의장대인 것 같아."

"아냐. 일빵빵이야."

"박격포 아냐?"

"아무래도 헌병 같은데."

동기들의 추측이 난무하며 한참을 달렸습니다. 시간이 좀 지나고 난 뒤 저만치서 큰 글자가 눈에 들어왔습니다.

[육군종합행정학교]

'와!~ 세상에, 행정병이라니!'

'타자도 주산도 못 하는데 이게 웬 횡재냐.'

'그래. 행정병 편하다고 하는데, 차라리 잘됐네. 재수!~'

그렇게 약간은 설레는 마음으로 군부대 정문을 통과했습니다. 하지만 환희는 찰나였습니다. 우리를 기다리고 있던 건 행정병의 꽃길이 아니라 온몸을 검은색으로 도배한 채 살벌한 안광을 뿜어내는 구대장이었습니다. 고함도 지르지 않고 들릴 듯 말 듯 나지막이 말하는 구대장의 호령이 지옥 같은 후반기 교육의 예고를 알렸습니다.

"전원 하차!"

"하~ 이 xx들 동작 봐라!"

"선착순 5명. 축구 골대 찍고 온다. 뛰어."

영문도 모른 채 그렇게 악몽 같은 첫 선착순이 시작되었습니다. '선착순'이 그렇게 무서운 말인지 그때는 몰랐습니다. 지금도 선착순이라 하면 치가 떨립니다. 우리가 도착한 곳은 행정학교 내에서도 가장 혹독하기로 소문난 '헌병 교육대'였습니다. 이미 들어와서 대기하고 있던 다른 육군과 해군, 해병대 동기들도 만났습니다. 그렇게 6주 간의 헌병 후반기 교육이 시작되었습니다.

그곳에서는 헌병 후반기 교육도 받지만, 행정병과 여군도 함께 교육받습니다. 그래서 이름이 육군종합행정학교입니다. 깜빡 속았습니다. 그럴 거면 차라리 이름을 '육군종합여군헌병행정학교'라고 했으면 간판만 보고도 뒤도 안 돌아보고 도망쳤을 텐데요.

행정병의 꿈은 산산조각이 났고, 그곳에서 또 다른 신세계가 펼쳐졌습니다. 헌병의 상징인 칼각 제식과 TCP(Traffic Control Point 교통수신호), 헌병 호신술, 체포술, 사격술, 영창근무, 행사지원, 인원 통제 등 다양한 후반기 교육을 배우며 우리는 서서히 군대의 거울로 재탄생하기 시작했습니다.

3군(육군, 해군, 해병대)이 모인 헌병과 행정병, 그리고 여군 교육생들이 묘한 긴장감 속에 공존하던 그 종합행정학교의 교정이 지금도 떠오릅니다. 매일같이 반복되는 지옥 같던 선착순의 반환점인 커다란 나무와 축구 골대를 한밤중에 동기들과 몰래 나와 삽으로 파내어 저 산꼭대기 위에 갖다 놓고 올까 생각한 적이 한두 번이 아니었습니다. 헌병 특유의 절도와 행정병의 유연함이 교차하던 그곳에서 저의 진짜 군 생활은 비로소 막이 올랐습니다.

마치 지금도 그 소리가 들려오는 것 같습니다.
우리는 고함을 지르며 그 소리에 맞춰 뛰어나갑니다.

"선착순 5명. 나무 찍고 온다. 뛰어!"
"와!~~~"

※ 뽀대: '멋있다, 폼난다'는 의미의 속어입니다. 본래 '볼품'이라는 뜻의
　　전라도 방언 '뽀대'에서 유래했다는 설이 있습니다.

※ 차출: 군대에서는 임무를 위해 인원을 선별해 내는 것을 말합니다.

※ 일빵빵: 연세 지긋하신 분들 사이에는 주특기 번호가 세 자리였을 때
　　의 기준 100에서 유래한 일빵빵으로 통하기도 합니다. 심지어 주특기
　　번호가 네 자리가 되었을 때도 번호가 1111로 숫자 1로 빵빵하게 들어
　　찼다고 하여 그대로 일빵빵으로 불리기도 했습니다. 당연히 정식 용어
　　는 아니고 자조적인 의미의 군대 속어입니다. 일빵빵은 지극히 평범하
　　고 일반적인 대다수 모든 야전 군인들을 의미합니다. 즉, 완전군장을
　　둘러메고 하염없이 걷고 또 걷는 보병입니다. 모두가 꺼리지만, 모두
　　가 인정하는 우리 군의 가장 중요한 전투 인력입니다.

(32)

다시, 입대 1일 차
이름을 써야 비로소 군인이 되는 시간
입대 1일 차 | 2025년 11월 17일 (월) | D-32

〈아들의 시간〉

훈련소에 입영했다.

눈물이 안 날 줄 알았는데, 부모님께 큰절할 때 눈물이 핑 돌더라.

x대대 x중대 x소대 xx번

xxxx번 OOO 훈련병.

1일차 보급품을 받았다.

팬티 2장 받았는데, 바로 주기했다.

심리검사하고 저녁 식사를 했다.

샤워도 하고 점호도 했다.

잠이 잘 안 왔다.

1시간 정도 뒤척이다 잤다.

다들 그랬던 것 같다.

관물대 비밀번호: xxxx

※ 주기: 개인 지급 물품에 계급과 이름 등을 표기하는 것을 말합니다. 개
인 물품의 분실과 혼용을 방지하기 위한 군대식 표기 방식입니다.

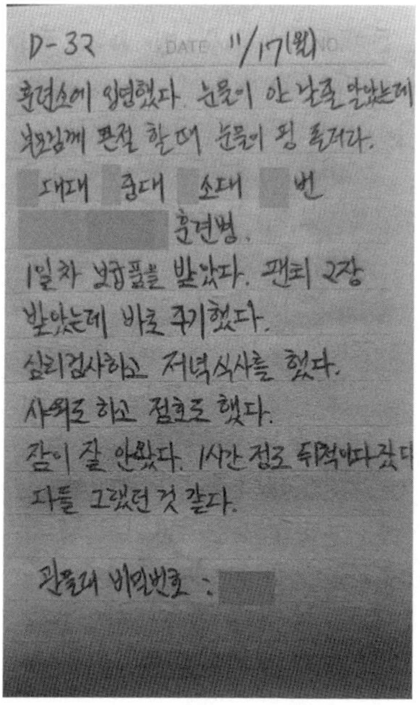

〈아버지의 시간〉

오늘은 사랑하는 아들이 입대한 날입니다.

낯선 곳에서 낯선 이들과 낯선 일들을 시작하게 될 테니 많은 걱정이 앞섭니다.

훈련소에 들어가서 가장 먼저 배우는 건 뭘까요?

군가? 경례?

아닙니다. 바로 팬티와 양말에 이름을 쓰는 일입니다. 조교는 훈련병들에게 각자 보급받은 물품에 '이름 써라'고 말하지 않고, '주기 해라'고 말합니다. 그 말이 처음엔 낯섭니다. 주다니, 누구에게 무엇을 준다는 걸까요? 훈련병들은 줄을 맞춰 앉아 매직을 들고 자기 물건 위에 계급과 이름을 적습니다. 아직 계급도 없는 훈련병 신세라서 훈련병 번호와 이름을 적습니다.

'123 홍길동'

팬티 한쪽 구석, 양말 안쪽, 수건 끝자락에 같은 글자가 반복됩니다. 어제까지는 집에서 아무 생각 없이 입던 물건들이 오늘은 갑자기 내 소유임을 증명해야 하는 물건이 됩니다.

"야, 이거 어디다 써?"

"팬티 안쪽이래."

"안쪽? 어디가 안쪽이야?"

"… 바깥 반대쪽?"

웃픈 대화가 오갑니다. 조교에게 분명히 들었는데도 우왕좌왕합니다. 정확히 어디에 주기를 해야 할지 진지하게 고민하는 순간입니다. 양말은 더 웃깁니다. 양쪽 다 써야 하는 건지, 한쪽만 써도 되는 건지 물어보는 동기도 있습니다.
"조교님, 양말은 양쪽 다 써야 합니까?"
"하!~~ 당연한 거 아냐? 세탁하면 짝짝이 되잖아."
"예. 알겠습니다."

그렇습니다. 군대에서는 주기를 각각 하지 않으면 양말도 짝짝이가 되어 세탁하고 나면 내 것인지 남의 것인지 구분이 안 됩니다. 주기를 하는 이유는 이 물건은 네 것이고, 이 물건을 잃어버리면 그 책임은 네 몫이라는 의미입니다. 잃어버리면 내 책임이고, 남의 것을 훔쳐도 바로 들킵니다. 군대는 이렇게 사소한 일부터 책임을 가르칩니다. 말로 가르치지 않고, 단순 무식하게 이름을 쓰게 만듭니다.

처음에는 '이병 홍길동'이라고 정성스럽게 썼다가, 나중에는 '이 홍'으로 줄이고, 나중에는 '홍'만 휘갈겨 쓰게 됩니다. 시간도 없고 빨리 빨리 써야 하니까요. 그러던 어느 순간 깨닫습니다.
'아, 이게 군대구나.'
'내가 정말 군대에 왔구나.'

‘모양새 안 나게 물건에 이름을 쓰다니. 젠장.’

아이러니하게도 이름을 가장 많이 쓰는 시기이지만 가장 빨리 개인이 지워지는 시기이기도 합니다. 모두가 같은 옷을 입고, 같은 물건을 쓰고, 같은 명령을 듣고, 같은 행동을 합니다. 그 안에서 나는 중요하지 않습니다. 우리만 있을 뿐입니다.

주기를 할 때도 이름은 크지 않게, 눈에 띄지 않게, 안쪽에 쓰입니다. 마치 개인을 드러내지 말라는 듯이 말이죠. 가끔 이름을 크게 쓰는 동기가 있습니다.
“야, 너 이름 왜 이렇게 크게 썼어?”
“잘 보이라고 크게 썼습니다.”
“하!~~ 누가 보라고 팬티에 이름을 크게 쓰냐.”

맞는 말입니다. 팬티 이름은 본인만 보면 됩니다. 다음날, 세탁 후에 다시 나눠 받은 팬티와 양말을 보며 훈련병은 안도합니다. 내 것이 돌아왔다는 안도감입니다. 하지만 가끔 내 것이 안 돌아올 때도 있습니다.
“야, 내 양말 못 봤어?”
“무슨 양말?”
“이병 김철수 쓴 거.”
“모르겠는데?”

그러면 다른 사람 양말을 일일이 뒤져봐야 합니다. 누군가 잘못 가져갔을 테니까요.

"야, 이거 내 거잖아!"

"어? 진짜네. 미안."

이런 일이 비일비재합니다. 그래서 주기가 중요합니다. 군대에서는 이런 안도감조차도 스스로 관리해야만 얻을 수 있습니다. 집에서는 이름을 불러 주던 아이가 군대에서는 이름을 써야만 살아남습니다.

주기는 그렇게 군대가 개인에게 요구하는 첫 번째 생활 방식입니다. 그리고 나중에 알게 됩니다. 주기만 잘해도 군 생활이 편해진다는 걸요. 이름 안 쓴 물건은 금방 잃어버리고, 잃어버리면 혼나고, 혼나면 또 사야 하니까요. 그래서 자대배치 받으면 선임들이 말합니다.

"야, 주기 확실히 해라. 나중에 잃어버리고 찐빠 내지 말고."

맞는 말입니다. 주기는 귀찮지만, 안 하면 더 귀찮아질 수 있습니다. 군대는 그런 곳입니다. 작은 것 하나하나가 다 이유가 있는 곳이죠.

사랑하는 아들이 드디어 군대에 갔습니다.

좋든 싫든 21개월이라는 시간을 그곳에 있어야 합니다. 보고 싶고, 걱정되지만 대신할 수도 없고, 보고 싶을 때 언제든 달려가 볼 수도 없습니다. 이제는 내 아들이 아닌 나라의 아들이 되었으니까요. 하지만 아들을 믿고 기다리렵니다. 남들 다 하는 군 생활, 내 아들도 잘 견디고 이겨 내리라 생각합니다. 이제 시작되는 아들의 군 생활을 멀리서 응원합니다. 오늘이 1일 차니까 이제 전역까지 638일밖에 안 남았네요.

사랑하는 아들아.

부디 잘 먹고, 잘 싸고, 잘 자고 건강하게 생활하거라. 언제나 너를 믿고 기다린다. 너는 너대로, 엄마 아빠는 엄마 아빠대로 매일 하루를 잘 살아 내자. 그렇게 살아 낸 매일의 이야기를 기쁜 얼굴로 조만간 만나 모두 풀어놓자꾸나.

팔뚝만 하던 네가 언제 이렇게 자라서 나라를 지키는 군인이 되었니. 자랑스럽고 대견하구나. 오늘부터 네 덕분에 우리가 편안히 발 뻗고 잠을 청할 수 있겠구나. 고맙고, 사랑한다. 그리고 많이 보고 싶다. 우리 아들. 훈련병 번호가 아닌, 너의 진짜 이름을 가슴에 달고 마주할 그날을 기다리며, 너의 첫날을 기록한다.

오늘도, 잘 자거라.

※ 찐빠: 군대에서 계획이나 진행 과정이 어긋나 생긴 '상황상의 꼬임'을 가리키는 은어입니다. 쉽게 말해서 근무나 상황에서의 '실수'를 일컫는 말입니다. 그래서 군대에서 "찐빠 없이 가자"라는 말은 곧 무탈하게, 문제없이 끝내자는 뜻이 됩니다.

아빠가 아들에게 보내는 편지

사랑하고 보고 싶은 우리 아들에게…

세상에서 제일 사랑하는 우리 아들아!
낯선 곳에서 잘 생활하고 있는지 모르겠구나.

공군이 아무리 편하다고 해도 군대는 군대인 것을….
평생(20年)을 누려왔던 자유를 박탈당하고 먹으라면 먹고, 싸라면 싸고, 자라면 자는 생활이 아무리 시간이 지나도 아빠는 익숙해지지 않더구나. 우리 아들은 어떤지 모르겠다. 우리 아들은 성격도 좋고, 대인 관계도 원만하니 어디서 뭘 하든 잘할 거라고 믿어 의심치 않는다.

아빠가 사랑하는 아들에게 당부하고 싶은 것이 있으니 잘 새겨들으면 좋겠구나.

육해공군해병대를 떠나 우리는 필연적으로 인연을 엮어가며 살아갈 수밖에는 없단다.
공군이 편하다고 하는 건 훈련과 군 생활이 조금 편한 것이지 어차피 거기도 세상 모든 인간 군상들이 다 모여 있는 곳이란다. 고참은 고참답게, 후임은 후임답게 해야 한단다.

군기가 느슨한 것과 별개로 어차피 인간관계다. 뺀질뺀질하고 농땡이 부리는 후임을 좋아할 고참은 아무도 없다. 신병이면 신병답게 조금 오버해서 군기 빠짝 든 모습을 보이면 모든 고참들의 사랑을 듬뿍 받을 수 있을 거라 생각한다. 어차피 나중에 시간이 지나고, 짬이 차면 자연스레 친해지기 마련이다.

사람은 자기에게 주어진 역할에 맞게 행동하는 것이 가장 아무 탈이 없단다. 이병이면 이병답게, 병장이면 병장답게 말이지. 무슨 말인지 잘 알지? 충분히 알고, 충분히 잘할 거라 생각한다.

친한 형이 한 말도 중요한(군대에서 특히 통용되는) 말이니 유념하기를 바란다.
"열심히 하되, 튀지 말 것."
군대에서 가장 안 좋아하는 것 중 하나가 바로 '튀는 것'이다. 그러니 항상 '겸손'을 몸에 익히고, 자중하며 생활하기를 바란다.

'역지사지'란 말을 늘 명심하거라.
내가 고참이 되어 바라봤을 때 그 모습이 좋게 보이지 않는다면, 지금 시점에 후임인 네가 결코 해서는 안 될 일이니 말이다.
늘 '역지사지'….

우리 아들이 군대에 가고 나니 동생이 아주 의젓해졌구나. 오빠 없는 빈자리에 아빠, 엄마가 외로운 걸 아는 건지 요즘은 알아서 잘하고, 착하게 잘 지내고 있단다. 한편으로는 천방지축 우리 공주가 그러는 걸 보니 조금 서운하기도 하고, 왠지 모르게 어딘가 어색하구나.

아빠는 요즘 네 방과 게스트룸을 오가며 생활하고 있단다. 일은 우리 아들 방에서 하고, 잠은 게스트룸에서 자며 두 방 살림을 하고 있단다. 사람이 든 자리는 몰라도 난 자리는 안다는 말을 요즘 무척이나 실감하고 있구나. 우리 사랑하는 아들이 없는 우리 집이 마치 텅 빈 것 같아서 가끔 공간이 휑하게 느껴지고, 우리 아들의 빈자리가 무척이나 크게 느껴지는구나.

특히 훈련받을 때, 사격과 수류탄은 가장 조심해야 한다. 자칫 잘못하면 사고가 날 수 있는 곳이니 늘 조교들 말 잘 듣고, 사격&수류탄 교장에서는 신중에 신중을 기해야 한다.

우리 아들이 입대하고 처음에는 아빠가 아주 울적했는데, 엊그제 첫 통신 보약을 먹고 나서 우울감이 조금은 사라졌지만 그래도 여전히 걱정되고 많이 보고 싶구나.

훈련소에서는 동기들과 자대에서는 선·후임들과 '좋은 인간관계'를 만들어 간다고 생각하며 군 생활에 임한다면 군 생활이 그리 나쁘지만은 않을 거라 생각한다. 우리는 언제나 뜻하지 않은 곳에서 특별한 인연을 만나곤 하니 그곳이 군대가 되지 말란 법도 없지 않겠느냐.

　아빠가 군 생활을 할 때는 '피할 수 없는 고통이라면 차라리 즐겨라.'라는 말을 많이 곱씹으며 생활했다. 그런데, 너에게 보낸 면도기에 레이저 각인을 한 것처럼 "This too shall pass"라는 말이 어쩌면 군 생활에는 더 도움이 될지도 모르겠구나. 세상 모든 것은 언젠가는 지나가는 법이니 '이 또한 지나가리라.'는 말을 명심하고, 부대 내에서 건강히 성실하게 잘 생활하기를 바란다.

　2025年 11月 24日
　너를 무척이나 사랑하는 아빠가 보낸다.
　사랑한다. 내 아들~

에필로그

32일간의 여정을 마치고 서랍 속 보물을 꺼내 들며⋯

사랑하는 아들이 기훈단 수료 후 2박 3일간의 휴가 때 남기고 간 노란 수첩 속, 빼곡히 쓰인 일기를 보았습니다. 아들의 훈련소 생활을 엿보며 울고 웃었던 그 시간은 제게 무엇과도 바꿀 수 없는 행복이었습니다.

자녀를 군대에 보낸 부모님들이 모인 커뮤니티에서 이 글을 처음 기획할 때, 저는 글의 시작과 끝을 연결하는 '수미상관(首尾相關)'의 미학을 살리고 싶었습니다. 입대 이튿날부터 수료식까지의 기록을 모두 마친 뒤, 다시 가장 첫날의 일기로 돌아가 아들의 서툰 떨림을 마주하는 구성을 택한 이유입니다.

　5주간의 성장을 모두 지켜본 뒤 다시 마주한 입대 당일 아들의 첫 마음은, 지난 일과들을 주마등처럼 스쳐 지나가게 했습니다. 이런 과정을 통해 이 글을 읽는 분들의 마음속에도 지나온 시간이 깊고 잔잔한 감동으로 남기를 소망합니다. 873기 이전 기수에게는 진한 향수를 남기고, 이후 기수에게는 따뜻한 이정표가 되기를 바랍니다. 나아가 육·해·공·해병대를 불문하고 모든 군 가족과 예비역들이 각자의 군 생활을 추억하며 잔잔한 미소를 지을 수 있는 기록물이 되기를 꿈꿔봅니다.

　온라인 공간에서 아들의 훈련소 일기를 쓰는 동안 아낌없는 응원을 보내 주신 부모님들께 두 손 모아 깊은 감사의 인사를 올립니다. 여러분이 남겨주신 소중한 댓글들은 제가 이 글을 완주할 수 있게 한 가장 큰 동력이었습니다. 혼자였다면 책상 서랍 속 보물 상자에만 담겨 있었을 이 기록이, 같은 마음으로 아들을 기다리는 부모님들과 만나 비로소 세상 밖으로 나올 수 있었습니다. 서로의 어깨를 빌려주며 위로를 나누는 이 따스한 연대가 있기에 우리 아들들의 앞날도 더욱 든든할 것입니다.

　이 책이 〈아들과 아버지의 시간 2〉로 세상의 빛을 볼 수 있게 도움을 주신 모든 분께 진심으로 감사드립니다. 인생의 가장 빛나는 시절을 나라를 위해 헌신한 모든 예비역분과, 지금, 이 순간에도 묵묵히 자리를 지키고 있는 현역 장병들에게 깊은 경의를 표합니다.

고맙습니다. 필승!

※ 수미상관(首尾相關): 글이나 시, 혹은 영화 같은 이야기에서 처음에 나왔던 내용이나 문장을 마지막에 한 번 더 반복하는 구성 방식으로 문학 기법의 하나입니다. 처음과 끝이 딱 맞물리기 때문에 마치 원을 그리며 제자리로 돌아오는 느낌을 줍니다. 똑같은 상황이나 문장이더라도 긴 여정을 거친 후 마지막에 다시 마주하게 되면 처음과는 전혀 다른 깊은 감동이나 깨달음을 느낄 수 있습니다. "아, 결국 이렇게 이어지는구나!" 하는 생각과 함께 독자의 머릿속에 글의 주제를 강렬하게 각인시키는 효과가 있습니다.

아들과 아버지의 시간 2

잊지마, 아들아

ⓒ 박석현, 2026

초판 1쇄 발행 2026년 4월 21일

지은이　박석현
펴낸이　이기봉
편집　좋은땅 편집팀
펴낸곳　도서출판 좋은땅
주소　서울특별시 마포구 양화로12길 26 지월드빌딩 (서교동 395-7)
전화　02)374-8616~7
팩스　02)374-8614
이메일　gworldbook@naver.com
홈페이지　www.g-world.co.kr

ISBN　979-11-388-5884-7 (03810)